自由自在に
エロ催眠
～ダメダメの俺でも美少女退魔士と犯りまくり！～
著 春風栞
画 長頼・鞭丸
原作/ディーゼルマイン
ぷちぱら文庫

# 登場人物

**守沢里樹**（かみさわ りき）

成績は悪く、運動も苦手の劣等生。妖魔に好かれる体質で、そのせいで不運に見舞われることが多い。

## 御《み》島《しま》綾《あや》香《か》

学園一の美少女にして凄腕退魔士。常に泰然とした微笑を携えており、人をからかうのが好き。人には害を与えない蒼い炎を操って妖魔を浄化することができる。

## 風《かぜ》宮《みや》千《せん》莉《り》

口うるさい里樹のクラスの委員長。堅物な性格で、だらしのない人間や規則を守れない人を嫌う。都市伝説研究部の部員として妖魔退治を手伝っている。

立川《たちかわ》ななみ
常に怯えている印象を与える小動物系見習い退魔士。男性恐怖症の為、まともに男子生徒と話すことができない。左目に、霊瞳という特別な眼を持つ。
シャノン・フルフォード
突然留学してきた異邦の退魔士。子供のころに日本にいたため、流暢な日本語を話す。綾香をライバル視しており退魔士としての実力を競っている。

# 目次

# 第一章　不幸体質と美少女退魔士

守沢里樹《かみさわりき》は、昔から不幸体質だった。

道を歩けば上空から鳥の糞を落とされて直撃したり、側溝の蓋が突然砕けて足が嵌まったり、挙句には、車がすぐ目と鼻の先に突っこんでくることもあった。それも、一度や二度ではない。月に一度のペースで事故に巻きこまれかけるほどの頻度だった。

「はぁ……世の中不公平っていうか、なんていうか……俺だけ全般的にツイてないっていうのは理不尽だよなぁ……みんな青春を謳歌してるってのに……」

ため息を吐きながら、里樹は通学路をトボトボと歩いていた。この不幸体質のせいか、今まで彼女ができたこともなかった。

（ん？　なんだろ、あの人……）

里樹の進行方向上に、スマホの画面を見ながら、不安そうに辺りを見回している三十代ぐらいの女性がいた。無視することもできたが、基本的にお人好しな里樹は声をかけることにした。

「あ、あの……すみません。もしかして、道に迷ってたりします？　交番が近くなんで、よかったら案内しますよ」

しかし、それがいけなかった。すぐそばにあるはずの交番は移転してしまっていのだ。近くで立ち話をしていた主婦に尋ねてみると、どうやら昨日移転したばかりらしい。里樹は、結局、新たな交番まで女性を案内するのに十五分以上かかってしまった。

当然、通学時にそれだけの時間がかかってしまえば、遅刻になる。

学校で里樹を待っていたのは、怒った顔のクラス委員長だった。

「もう！　また遅刻なの？　いったい何度目だと思っているのよ！」

クラス委員長の風宮千莉《かざみやせんり》は、いつものように厳しい口調で里樹を非難してくる。三つ編みおさげと眼鏡がとても似あう秀才美少女なのだが、真面目すぎるのが玉に瑕だ。

「いや、寝坊とかじゃなくて……一応、人助けしてたんだけど……」

「人助け？　本当なの？　それならそうと、事前に連絡しておけばいいものを……所定の手続きを踏まなければ遅刻は撤回できないのよ？」

担任教師がまだ教室に来ていないので一応はセーフなのだが、千莉はクラス委員として小うるさく説教してくる。

「注意するほうだって、気分のいいものではないのよ？　いつもいつもいつもいつも同じことばかり言うほうの身にもなってほしいわ！」

しかし、真面目に説教を聞く里樹ではなかった。考えていることは、まったく別のことだ。

（……ほんと、風宮さんって、いいスタイルしてるよなぁ）

千莉は、真面目な性格とは裏腹に、身体はかなりエロいのだ。

制服を押し上げる巨乳に、見ているだけで揉みしだきたくなる大きなヒップ。どうしても視線が向いてしまう。

「……守沢くん？　守沢くん⁉　私の話、聞いているの⁉　そうやってぼんやりしているから、反省の色が見られないって言われるのよ、あなたは！」

そのまま里樹は千莉に怒られながらも、しっかりと彼女の身体を視姦し続けた。

（はぁ……この身体を自由に楽しめたらなぁ……ムラムラしてきた……）

不幸体質の反動なのか、里樹は人一倍性欲が強いのだった。

＊　＊　＊

昼休みになり、里樹は購買に向かっていた。

（はぁ……俺って、つくづく不幸だよなぁ……よいことをしても結果として怒られることが多いし……昔から、なにやっても、うまくいかないんだよなぁ……）

ため息を吐きながら廊下をうつむき気味に歩いていると、向こうから女子学生がやってきた。

（おっ？　あっ、あれは……御島綾香《みしまあやか》！）

学園一の美少女である彼女のことを、里樹はもちろん知っていた。

意思の強そうな瞳、凛としていながらどこか神秘的なものを感じさせるオーラ、そして、抜群のスタイル。サラサラした髪は腰まであって、とても美麗だ。

（今日も綺麗だなぁ、御島さん……同じ学年とは思えないなぁ……）

さっそく里樹は、綾香を視姦してしまう。

すると、綾香は、一瞬、怪訝な表情をしたかと思うと、ツカツカとこっちに向かって歩いてきた。

「ちょっと、そこのキミ！」

「……えっ⁉　お、俺……ですか？」

「そう、キミだ！　キミ！」

綾香は里樹のすぐ前に立つと、なにかを探るように顔を胸元や肩に近づけていく。突然のことに驚きながらも、里樹はされるがまま突っ立っていた。

「……う～ん……これはやはり、気のせいじゃなさそうだな。この私がいながら、なぜこのような事態になっているんだ……？　化身？　いや、憑依の類でもなさそうだが……しかし、面妖な気配は感じるが……」

綾香は女子校生ならではの甘い匂いを漂わせながら、遠慮なくこちらの身体のあちこちに顔を近づけながら独り言を口にしていた。

（ちょ！　近い近い近いっ……！　な、なんだっていうんだっ⁉　視姦してたのを怒られるのかと思ったんだが……。うぅ……それにしても、いい匂いだ……女の子って、なんでこんなにいい匂いするんだろう……）

そんなことを考えていると、不意に綾香は顔を上げて尋ねてきた。

「キミ、最近なにか、身の回りでおかしなことが起こっていたりしないかな？　たとえば、厄介なことに巻きこまれたり、事故に遭いそうになったり……」

「えっ？　最近、ていうか、ほぼ毎日ですけど……なんていうか、ツイてないっていうか……不幸体質？」

「……不幸体質？　なるほど。それか！」

綾香は得心がいったというように、頷く。なぜか、嬉しそうだった。そして、里樹にとって予想外のことを言ってきた。

「決めたぞ！　キミを私たちの部にスカウトする！　諸々の手続きは私がしておくから、心配するな！」

「え……えっ⁉　スカウト？　俺を？　なんで⁉」

「あいにく今は時間がない。細かい説明はあとにしよう。放課後、都市伝説研究部に来るといい。歓迎するよ！」

綾香はそれだけ言うと、急いでいるのか足早に去って行ってしまった。

（……都市伝説研究部って言ってたよな……？　そんな部活、この学校にあったのか……？　というか、なんなんだこの展開は……!?　学園一の美少女の御島綾香とお近づきになれるなんて……！）

まったく意味がわからないながらも、里樹はこれまでにない幸運の予感に胸を躍らせていた。

*　*　*

「都市伝説研究部……都市伝説研究部、っと……」

放課後になり、里樹は部室棟の中を探し歩いていた。校舎とは別のところに建てられており、文化系の部活が集められている。

「おっ……！　ここか……？」

二階の廊下の突きあたりにある部屋に、『都市伝説研究部』と書かれた色あせた紙が貼ってあった。

（こんな部活、本当にあったんだな……。まぁ、この紙からすると、けっこう歴史あるのかもしれないけど……）

そんなことを思いながら、里樹はドアをノックしてみた。

「あの、すみません。誰かいますか～？」

そして、そのまま鍵の締まってないドアを開けてみる。――すると、そこにいたのは予想外の人物だった。

「……なっ⁉　守沢くん⁉」

驚いた顔でこちらを見てきたのは、クラス委員長の風宮千莉だった。

「なに？　この部になんの用？　ここはあなたが来るような場所ではないわ。なぜ来たの？　そもそも、ノックしてもこちらの許可を取らずにドアを開けたら意味ないじゃない！」

「ああ、ごめん……。っていうか、風宮さんこそ、なんで？　俺、御島さんに放課後部室に来いって言われて……」

「えっ？　御島さんがっ⁉　なんで、守沢くんを……⁉　そんな……！　そんなこと、ありえるかしら……」

千莉は疑うような瞳で、こちらを見つめてくる。

「いや、そんな目で見ないでくれよ。嘘じゃないし！　なんでそんなに疑ってんだよ。俺ってそんなに信用ない？」

「え？　守沢くんに信用があるとでも思っていたの？　遅刻常習者で授業は常に寝てるし、

いつもなに考えてるかわからないし、そっちのほうが信じられないわよ！」

そんなやり取りをしているうちに、ドアがガチャリと開いて、綾香と、里樹の知らない小柄な少女が入ってきた。

「やあ、来てくれたんだね、キミ！　嬉しいよ」

里樹を見つけるや、綾香は笑顔を浮かべた。一方で、後ろの少女は綾香の背中に隠れるようにして、こちらをうかがってきた。

「はぅぅ……お、男の人っ……ですっ……」

なぜか涙目になって、そんなことを言っている。かなりかわいらしい少女だが、小動物のようにオドオドしていた。

「あ、あの御島さん……その、守沢くんを本当に呼んだんですか？」

「ああ、彼を呼んだのは私で間違いない。……そうか、キミは守沢くんというのか。先ほどは、名前を聞くのをすっかり忘れていたよ！　風宮さんもすまない。先に話しておくべきだった。私のミスだ」

「い、いえ……そういうことでしたら」

どうやら綾香と千莉は知りあいのようだった。

（まぁ、同じ部活のメンバーっぽいしな……風宮さんが都市伝説研究部に入ってるなんて知らなかったけど……）

綾香と千莉の話はついたようだが、もうひとりの少女は涙目だった。

「はうぅぅ……お、お姉様ぁ……ななみ、聞いてないですよぉ……男の人を呼ぶなんてぇ……」

いまだに綾香の背後に隠れるようにしている少女は、泣きそうな声を出していた。

身長は百四十センチぐらいで、髪は二つに結んでいて、見た目は幼く見える。制服を着ていることから、この学園の学生に違いなさそうだが。

「ななみ、彼は今日から都市伝説研究部の仲間だ。みんな仲よくやってほしい。ああ、そうだ。守沢くん、自己紹介が遅れてしまって大変失礼した。改めて、挨拶させてもらう。私は、御島綾香。都市伝説研究部の部長だ。キミと同じく二年生。私のうしろにいるのが、後輩の立川《たちかわ》ななみだ」

「は、はうぅ……は、はじめまして……立川ななみ……です……。ま、まだ見習いですけど……よ、よろしくお願いします……」

男が苦手なのか、ななみは怯えた様子で自己紹介をした。

「ど、どうも……守沢里樹です、よろしく」

仲間というからには握手でもしたほうがよいかと手を差し出してみるも、ななみはすぐに綾香の影へ隠れてしまった。

「はぅぅぅっ……!? ご、ごめんなさいですっ……! ななみは、男の人との握手は……

あまり……」

「えっ？　俺、そんなに手汗すごい？」

「はうぅ……そ、そういうのじゃなくて、まとっているオーラが……なんとなく邪《よこしま》というか……下心っぽいなにかが見えるです……」

　そこで千莉が、いつもの厳しい表情で口を挟む。

「守沢くん、あまりグイグイいかないで。立川さんは、男性恐怖症なのよ。特に、あなたのようなタイプは苦手なの」

「いやいやいや！　下心とか、そんな！　かわいい女子と一緒の空間にいられて、役得だなって思ってるだけで！」

「……お、お姉様……ななみの気のせいかもですけど……その……あのっ……やっぱり……オーラが……うぅ……ともかく、守沢先輩は、苦手ですっ……」

「ははっ、握手は無理でも、それなりに打ち解けているようだな。ななみがまともに男子と会話しているところを見たのは、久しぶりだぞ」

　綾香はあまり細かいことは気にしない性格らしくて、愉快そうに笑っていた。

「う、打ち解けてないですっ……全然違うですよぉっ……」

　ななみは綾香のうしろに隠れると、顔をチラチラと出してこちらを見てきた。まるで、小動物が人間を警戒しているかのようだ。

「では、説明はいらないかもしれないが、もうひとり紹介しよう。守沢くん、キミと同じクラスの風宮千莉。彼女もこの部の一員だ」

「……とりあえず、よろしくね。まさか、守沢くんが入部してくることになるなんて、思いもしなかったわ……」

「よ、よろしく……。俺も、びっくりしてるけど……。あの、ところで……この場合は新入部員になるんですかね？　俺」

「もちろんそうなるな。これでキミは、今日から正式な部員ということだな」

「えっ、いきなり正式な入部ですか⁉」

「うむ、早いほうがいいからな。この部活に入ることは、絶対にキミのためになる。いや、入らないと、キミの不幸体質は悪化するだけだ」

「そ、そうなんですか……」

自信たっぷりに告げる綾香に、里樹は頷くしかなかった。

（まぁ、経緯はどうあれ……こんな美少女たちと一緒に部活できるなんて最高だもんな……好感度は低いけど……）

「えーと、ところで、昔からあるんですか？　この部活。俺、初めて名前を聞いた気がするんですけど……」

「ああ、知らないのもしかたがないな。都市伝説研究部は、私たちの仮の姿のようなものだから」

「仮の姿？　なんていうか、オカルト研究会的な部をイメージしちゃいますけど、実態は違うんですか？」

「ふふっ、オカルト研究会、か……。ところで守沢くん。キミは『退魔士』という言葉を知っているかな？」

「え？　たい……マシ？　なんですか、それ」

その疑問には、綾香の代わりに千莉が答えた。

「世の中にはびこっている、妖魔を浄化する者、それが退魔士よ。私たちは、退魔士としてこの町で活動しているの」

そして、綾香の背後から顔を出して、ななみも言葉を継いだ。

「あ、あのっ……な、ななみは……まだまだダメダメな未熟者ですけどぉ……お姉様たちは、すっごく強いんですっ！　綾香お姉様は『浄炎《じょうえん》の退魔士』、千莉お姉様は『言霊《ことだま》使い』として、いっぱい妖魔を浄化しているですっ！」

いきなりとんでもないことを言われて、里樹は混乱した。

（な、なんだそりゃ……そんなアニメかマンガみたいな……）

しかし、彼女たちは冗談を言っているようには見えない。特に、あの真面目な千莉が冗談を言うとは思えない。

「え、えーっと……。ちょっと、待ってくださいね……。その、妖魔を浄化するってことは、つまり、化け物退治的なものですか？　それはけっこうなことだと思いますけど……俺、霊感とかゼロですよ？」

「うむ。そう理解してもらったほうが早いな。妖魔は人の心に巣くい、ときには心身を乗っ取り、悪事を働く。些細なイタズラで終わることもあるが、場合によっては深刻な厄災を引き起こすレベルの妖魔もいる。巷で『都市伝説』と呼ばれている出来事のほとんどは、妖魔が裏で糸を引いている。私たちは、妖魔を浄化する手がかりとして、この部で活動しているんだ」

「いやいやいや、待ってください！　俺、霊感的なものはゼロって言いましたよね？　俺なんかが役に立つんですか？」

「守沢くん、キミは『撒き餌』というものは知っているかな？」

「は？　はい……まあ……知ってますけど」

撒き餌とは、魚釣りで獲物をおびき寄せるために、仕掛け付近に撒かれる餌のことだ。つまり、食べられることが前提になる。

「……撒き餌が、どうかし………はっ!?　ま、まさか……俺が？　もしかしてスカウトって、俺が撒き餌になって、囮になれってことですか!?」

「そうだ。妖魔は人を操り、都市伝説を引き起こす。そして、事を起こした直後が、最も無防備な瞬間となるのだ。だから私たちは、そこを狙って浄化する。だが、安心してほしい。人々の代わりに、取り憑かれろと言っているのではない。次の標的を求めて姿を現した瞬間の妖魔を、キミが惹きつけてくれるだけでいい」

「……ちょっ、ちょっと待ってくれ！　惹きつけるだけって言っても、その、浄化が間にあわなかったら？　俺は……？」

「犠牲者を増やさず、不幸の連鎖を起こさないためにその身を挺する。立派な役目だと思わないか？」

「いや、確かに立派ですけど……！」

あまりにも、危険そうな話だった。妖怪や化物を退治するアニメや漫画を今までに見たことはあるものの、それがいざ自分の身に起こるものとなると混乱するのは当たり前のことだ。

「……守沢くん。本当に入部するつもり？　御島さんがあなたを勧誘したみたいだけど、あなたの意思はどうなの？」

「えぇっと、興味があるのは事実だけど……」

実際に興味があるのは、彼女たちの身体だが、それは口にはしない。

「……守沢くん。私も退魔士として、できる限りバックアップはするわ。あなたが仲間に加わることは不本意だけど……あなたが協力すると言うのなら、反対はしません。でも、危険は伴うものだから、あなたがやる気がないのなら、やらないほうがいいと思うわ」

「あ、あのっ……ななみは、お姉様たちに従いますですっ……守沢先輩はちょっと苦手ですけど……一緒に協力してくれるなら、助かりますし……」

「ふむ。まぁ、私も無理やりにとは言わない。今この場で入部を取り消すというのなら、それに従おう」

三人はいずれも真剣な表情だった。どうやら彼女たちは本当に日々妖魔と戦い、浄化しているようだった。

(うう〜ん……事情はアレだけど、入部すれば毎日この三人と会えるわけだよな……？ そうすれば、視姦するだけじゃなくて、触れあったり、いつかは誰かとつきあったり……え、エッチなこともできるかも……⁉)

危険はありそうなものの、このチャンスを逃すと生涯後悔しそうな予感がした。

里樹は、肚《はら》を決めた。

「……もちろん、入部しますっ！ 今日から、よろしくお願いします！」

「そうか！ こちらこそ、よろしく頼む！」

綾香はにっこりと微笑んで、里樹の手を取った。

(おおっ、さっそく御島さんに手を握られちゃったよ……！ うはっ……こんな美人と触れあえるなんて最高じゃないか……)

「守沢くん、遊びじゃないんだからね？」

「あ、あぁっ……わ、わかってるよ」

千莉に低い声でたしなめられて、里樹は慌てて真面目な顔になった。

（御島さんの好感度は上々だけど、風宮さんと立川さんはなぁ……）

と、そこで。ななみは身体をビクッと震わせた。

「……っ！　あ、あのっ……！　お姉様、それと……守沢先輩……お話の途中、すみませんっ……さっそくなのですが、妖魔が現れそうな気がするですっ！」

ななみの一言で、綾香と千莉の表情が険しいものへと変わった。

「ななみ、状況は？　識《み》えている範囲でかまわない。教えてくれ」

「は、はいっ……。ええと……『午前零時』……『七十二番地』……なにが起こるか、そこまでは、まだ識えないのですが……ひとり、ふたり、三人……？　妖魔は、憑依した相手以外にも何人かは操れるみたいです」

ななみの左の瞳が淡く輝いて、予知能力めいたものを発揮する。そこで初めて気がついたが、ななみの左目は緑色で、右目は黒色だ。

（オッドアイってやつだっけ……？　というか、普通に瞳が輝いているって、すごいな……マジで、アニメの世界みたいだ……）

「よし。ひとまず、ここで解散するとしよう。妖魔浄化のため、部員は全員二十三時半に駅前の七十二番地へ集合すること！」

「え？　妖魔ってそんなに頻繁に現れるんですか？」

「守沢くん、みんなは気づいていないけど、妖魔はどこにでも潜んでいるのよ。今回は、対策をとれる時間があるだけいいわ」

「守沢くん。もちろん、キミにも参加してもらうぞ。装備は特に気にせず、動きやすい服装で来るといい」

もう何度も妖魔を浄化しているのだろう。綾香たちからは、揺るぎない余裕と自信を感じられた。

（ほんと、すごい部活に入っちゃったな……）

美少女に囲まれながらも、里樹は初めての妖魔退治に不安な気持ちになるのを抑えられなかった。

＊　＊　＊

時刻は二十三時半ちょうど。里樹は普段着の中で最も動きやすい服装に着替えて、集合場所にやってきた。

「臆せず、よく来てくれたな」

「遅刻しないなんて、守沢くんにしては珍しいわね」

「はぅぅぅ……やっぱり、ちょっと男の人、怖いです……」

先に待っていた綾香たちの姿を見て、里樹の目は点になった。

なぜなら、彼女たちはまるで女児向けアニメに出てくるヒロインのような、カラフルで露出の多いコスチュームをまとっていたのだ。レッドが綾香、ブルーが千莉、イエローがななみだ。

「えっ⁉ なんですかその格好は……？ それって、仕事着的なものなんですか？ そもそも、どこで売ってるんです、そういうの……。ちょっと、その年齢でそういうの着るのは恥ずかしいんじゃ……」

里樹の無遠慮な質問に、千莉は嫌そうな顔をする。

「そういう言い方はしないでもらえるかしら？ これは、私たちの能力を最大限に高める装束なの！ この装束も退魔士の証なのよ！」

「うむ、見た目は子供向けアニメの装束のように見えるだろうが、これには私たちの力を増幅させる作用があるんだ」

「あ、あのぉ……よ、夜も遅いですし、あまり大声は出さないほうがいいですっ……とりあえず、ここで様子を見るですっ……」

ななみに言われて、里樹たちは路地に隠れて様子を窺うことにした。

繁華街に近いからか、人の行き来はある。土地柄か、お水系の女性が目立つが、ＯＬのような女性もいる。

そして、物陰に隠れて油断なく観察すること三十分ほど――。

「あ、あのっ……なにか、起こりそうな気がするですっ……」

ななみが呟く。そして、その言葉通りに異変が起こり始めた。

道を歩いていたラフな格好をした女性の身体に、突然上空から白い靄《もや》のようなものが入っていくのが見えたのだ。

その女性はビクッと身体を震わせたかと思うと、急にその場にうずくまった。

そして……表情をとろんとしたものに変化させたかと思うと、急にその女性は自らの服をはだけさせて、オナニーを開始した。

しかも、彼女だけではない。その周りを歩いていたＯＬ風やギャル風の通行人の女性たちまでも急にうずくまると、同様に服をはだけさせて自慰行為に耽り始めたのだ。

「んはぁっ、はぁあっ……ほしいよぉっ……」

「んぅうっ、はぅっ……身体が、熱いっ……あぁあっ、身体が疼いて……んはあっ……」

衝撃的な光景に、里樹は声を出してしまった。

「な、なんだこれ!?　なんで、いきなりみんなでオナニー始めてるんだ!?　こ、これが都市伝説だっていうのか？」

「……しっ！　守沢くん、ちょっと静かにしていて！」

千莉にたしなめられて、里樹は口を噤《つぐ》んだ。退魔士とはいえ女子と一緒に集団露出オナニーを見守るという状況は、普通に生活していては味わえない経験だ。

（ここでうっかり勃ったりしたら、最悪だよな……）

そんなことを思いながら、じっと観察していると、徐々に彼女たちの行為と言葉がエスカレートしていく。

「はぁ、はぁっ……エッチしたい……ぶっといオチンポっ、ほしいよぉっ！」

「はぁ、はぁあ……おっぱい、熱い……乳首勃っちゃう……んんはっ、あはぁあっ！」

「オマンコいいっ、オマンコ気持ちいいよぉっ……！　んんっ、ああ、あぁっ……！」

激しく乱れる彼女たちに、妖魔に取り憑かれずにすんだ通行人が足を止めて呆気にとられる。

「うはっ！　なんだよ、この姉ちゃんたち……すっげぇエロいんだけど！」

「うわっ、マジサイテー！　なにやってんのこの子たち……」

しかし、自分の世界に没入している被害者たちは一心不乱に自慰に興じていた。膣から淫らな水音を立てて、指を激しく動かしている。

「はぅっ！　オマンコ、はぅっ……イヤらしい音、漏れちゃうっ……ぁんっ……！」

「あぁあっ……！　したいよぉっ……チンポぉ、チンポッ……あんんっ、お尻にもほしい

のおおっ……！」

過激になっていく発言に、通行人の男たちは下卑た声を掛け始める。

「おいネーちゃん！　こっちにケツ向けてくれよ！」

「ハァ、ハァ、AVの撮影だかなんだかしらねぇが、マジでエロいなこの女ども！」

まるで集団催眠に混ざったように通行人たちも虚ろな表情になっていた。

「ふむ。この様子だと……憑依者が解放されるまで、もう少しかかるかもしれないな」

「は、はい……ですね。識たところによると……性的な満足感をえられたら、妖魔は離れると思いますけど」

「本当は早く助けてあげたいんだけどね……憑依している状態で無理に妖魔を引

きはがすと、魂を傷つけることがあるのよ……」

「そ、そうなんだ……じゃあ、終わるまで見続けるしかないってことか……」

この異常な状況を目《ま》のあたりにしても、綾香たちは至って冷静だ。こういう淫らな現場にも慣れているらしい。

（えっと、性的な満足感をえられたらって、つまり……この女の人がイクまでこのまま待機ってことか！　なんておいし……いや、もどかしい！）

里樹は妖魔退治に参加してよかったと思いながら、クライマックスを迎えようとしている女性たちの姿を見つめた。

「はぅっ！　ふぁ、あぁあっ！　本気汁、出ちゃうっ！　ズル向けのクリが、んぁっ！あ、すごい、いいのぉっ！　い、いくっ！　い、っちゃう……も、もう、だめぇっ！」

「き、きちゃうっ、イッちゃう……オマンコ、いくぅっ……ぁ、んはぁあっ！　げ、限界……なのっ……ふぁあああああああああっ！　んあっ！　あはぁあああっ！」

「お尻っ、お尻気持ちいいのぉおおおおおっ！」

女性たちは一斉に腰をガクガクと震わせて、股間から透明な液体を噴き出した。それを見た通行人から歓声が上がる。

「おぉ！　イッてるイッてる！　潮噴いてるぜ！」

「す、すげえっ！　外でオナニーして潮噴くなんて変態すぎだろ！」

「うわっ、サイテー！　なにこの子たちっ……！」

そんな声も、憑依されている被害者たちには届かない。快楽に身を任せて、彼女たちはひたすら達し続けていた。

「んひっ、ひぃいいいいっ‼　あ、あぁああっ！　また……イッ、イクゥウッ……！」

「あぁあああああっ！　いっ、イクッ……！　あぅ、はぅううううううっ！」

「んんぅううっ！　お尻、またイクゥウウウ！」

ビクビクと腰を振り乱しながら絶頂に達した瞬間――。まるで、糸が切れた操り人形のように彼女たちは動かなくなった。

「うえっ、コレ、やばいんじゃゃね？」

「ちょ……ちょっと、さすがにヤバくない？　救急車とか呼ばなくていいの？」

そこで、通行人たちも正気に戻ったようだった。騒然とした雰囲気になる。

「守沢くん。そろそろ出てくるぞ」

「……えっ？　な、なにがですか？」

ただひとり状況が理解できない里樹と違って、綾香たちは気を張り詰めさせていた。まさに臨戦態勢といった感じで、身構えている。

「守沢くん、御島さんの話を忘れたの？　妖魔が姿を現すのは、人に憑依して都市伝説を成し遂げたあとなのよ！」

「そう、今こそキミの出番だ！　守沢くん、妖魔をおびき寄せてくれ！」

「えっ⁉　でも、どうやって？　そもそも俺、戦えないですよね？」

「ただ妖魔の前に姿を現せばいい。向こうがキミのことを認識するだけで、足止めになるはずだ」

「大丈夫よ、守沢くん。あなたのことは、始めから戦力と見なしていないわ！」

「ちょ、風宮さん、サラッとひどいこと言ってないか？　いや、確かに期待されても困るけどさ！」

「あ、あのっ……早く行ってくださいですっ。妖魔が逃げたり、他の標的に取り憑いてしまうと、手遅れになるですっ……！」

美少女退魔士三人に急かされて、里樹はどうすればいいかわからないまま現場に向けて走り出した。

「うっおぉおおおおおおおおおおっ！　こ、来いっ！　バケモノ！　俺が相手だっ！」

とりあえず雄たけびを上げながら、里樹は倒れている女性たちの前へ駆けていく。

すると――それに応えるかのように、最初に倒れた女性の膣から白い靄のようなものが湧き上がってきた。

ゾクリと背筋に寒気が走って、里樹は立ち竦んだ。

（なっ……なんだコレ？　こいつが、妖魔……なのかっ……？）

〝オマエ　ナニモノ？　……ワレガ……ミエルノカ？〟

まるで、脳に直接言葉が響いてくるかのような声。もごもごした、まるで地の底から震えるような言葉にならない波動。

〝キメタ。……オマエ……ツギノ、エサ〟

目の前の白い靄が、まるで意思あるものの如く里樹に向かって襲いかかってきた。

「ひッ！　うぁ、あぁあっ！　なんだコレ⁉」

「よし！　上出来だ！　守沢くんっ！」

聞き覚えのある声で我に返ると、靄の前に綾香が割って入って来たところだった。

綾香が経文《きょうもん》のようなものを唱えながら、右腕を思いきり水平に振り切ると、手のひらが青白く光った。そのまま光は膨れ上がり、蒼い炎へと変わっていく――。

「低級妖魔よ、無に還れ！　浄炎っ！」

綾香が手のひらを向けると、まばゆいばかりの蒼い炎が放たれる。

蒼い炎は、白い靄を覆って焼き尽くしていった。

〝グアアアアアアアアア……！　イ、イマイマシイ……タイマシ、ドモ……ガッ〟

白い靄は断末魔の声を上げて、完全に霧消した。

「で、出ましたですっ……！　綾香お姉様の浄炎……！　蒼《あお》き焔《ほむら》！」

「さすが御島さんだわ！」

遅れて、千莉となこなみも綾香のところに駆けつけた。

「ふぅっ……どうやら、妖魔は浄化されたようだな。ご苦労だった、守沢くん」

「えっ……い、今ので終わり？」

「あぁ、無事浄化できたよ。ありがとう、守沢くん。キミの協力のおかげだ」

笑顔で褒めてくれる綾香を見て、里樹はようやく胸を撫で下ろした。

「はぁ、びっくりしたけど……。でも、これで終わりか……けっこうあっけないんだな、浄化って……」

「浄化できても、それでおしまいじゃないのよ、守沢くん。私たちの仕事はまだ残っているわ」

「仕事って？　風宮さん、まだ、なにかあるのか？」

「取り憑かれた人はもちろん、巻きこまれた人たちにも、アフターケアが必要でしょう？

私の言霊で、妖魔の記憶を取り除くのよ。取り憑かれた人はもちろん、この場に居あわせた人からも」

「それって……さっきの出来事をなかったことにするってこと？　妖魔が起こした都市伝説も？」

「そういうことになるわね。妖魔に操られ、公衆の面前で破廉恥な行為を晒した人も、好奇の目で眺めていた人の記憶も塗り替えるの」

千莉は細くしなやかな指を素早く動かして、印のようなものを結んでいく。そして、軽く深呼吸したあとに、澄んだ声で周りの人たちに語りかけ始めた。

「……みなさん、心配することはありません。みなさんはなにも見ませんでした。ここでは、事件も事故も起きてはいません。……さあ、みなさん。無理せず急がず、気をつけてお帰りくださいね」

千莉の声に導かれるように、野次馬たちはゾロゾロと歩き始めた。

そして、さっきまで自慰に耽っていた女性たちも服を直して、何事もなかったかのようにどこかへ去って行った。

「へぇ……いろんなことができるんだな、退魔士って」

「退魔士は意外なところで人々の暮らしを守っているんだよ。ところで、ななみ。他にはなにか識えるかい？」

「いいえ。妖魔は、他にはいませんっ。綾香お姉様が浄化したアレのみです。念のために何度か識直してみましたけど、周辺の状況には変化はないですっ……」

「ななみ……じゃなかった、立川さんがいつも敵を探したりするんだ？　偵察とか、千里眼的なものなのか？」

「千里眼とは、ちょっと違うですっ……。ななみは霊瞳《れいどう》を使って、お姉様たちのお手伝いをしているですっ」

「そうか……本当にアニメみたいなことって現実にあるんだなぁ……」

退魔士としての能力を発揮する彼女たちを目のあたりにして、里樹は妖魔退治が現実のことだと認めざるをえなくなった。

「なんにせよ、無事に妖魔を浄化できてよかった。守沢くんがいてくれたおかげで、被害も最小限に抑えられたよ。心から感謝する」

「あ、あの……都市伝説が起きたあとは、憑依者から抜け出た妖魔を追跡することが多いですけど……今回は手間が省けたのでよかったですっ。守沢先輩のおかげですっ」

「あなたみたいないい加減な人でも、意外なところで人の役に立つこともあるのね。助かったわ、守沢くん」

「あ、ああ……まぁ、俺も、少しは役に立ったのなら、嬉しいよ……」

みんなから褒められて悪い気分はしないが、ちゃんと役に立ったという実感はないのが本音だった。

(本当に、ただの囮というか……妖魔の目の前に立っただけだもんなぁ……)

「では、また明日学校で。守沢くん、遅刻して風宮さんを困らせることのないようにな」

「そうよ！　守沢くんっ！　……今夜の部活のせいで遅刻したなんて、絶対に、言わせませんからね！　ちゃんと、明日は早起きして、遅刻しないで来ること、いいわね？」

「そ、それでは、もう遅いのでっ……おやすみなさいですっ……」

「あ、ああ。んじゃ、おやすみ」

まるで夢のような出来事だったが、自分の指で頬を抓ってみると、痛い。

確かに、今日の出来事は紛れもない現実なのだ――。

＊　＊　＊

「……すごい人にスカウトされちゃったんだな、俺」

里樹は自室のベッドに寝転がりながら、今日のことを振り返っていた。

まさか都市伝説部に入部することになるとは思いもしなかったし、妖魔退治を手伝うことになるなんて想像を絶していた。

「ほんと、人生なにが起こるかわからないものだな……。へへっ……『また明日学校で』

……か」

別れ際の綾香の言葉に、つい頬が緩んでしまう。

それに、後輩のななみもかわいいし、千莉のコスチューム姿も普段とのギャップがあってグッとくるものがあった。退魔士の美少女三人とこれから一緒にいられる時間が増えるかと思うと、明日からの日々が楽しみでしかたがない。

「不幸だけだった俺の人生もやっと運が向いてきたのかな。さて、風呂はもう入ったし、今日はさっさと寝るか。遅刻すると風宮さんに怒られちゃうし」

里樹は別れ際に千莉に言われたことを思い出して、眠ることにした。

＊　＊　＊

「ま、間にあった……！　奇跡だ……！」

翌朝。里樹は学園に入学して以来初めて、始業時間前の教室へ辿りついていた。

珍しく早起きすることができて、途中、鳥の糞が落ちてきたり側溝にはまったり道路が陥没したりすることもなく、通学することができたのだ。

そして、朝の教室では男子たちがニヤニヤしながら卑猥な話をしていた。

「この前、友達が知りあいから聞いたって言うんだけどさ。まぁ、よく言う『都市伝説』

ってやつでさあ。どこの学校にもさ、『補講』ってあるじゃん？　授業の時間とは別に、テストとか講習とかやったりするアレ。それがさ、夜中にあるっていう……それも、女教師が教室に来て、ナマでみっちりとしごいてくれるんだってよ。アレを！」

「え？　ウソ⁉　マジでっ？　ちょ、ヤバくね？　でも、そんなことしにくる教師なんてバケモノ系じゃねーの？　滅茶苦茶ブスとかデブとか、別の意味で超こえーよ！」

「それがさ、すげー美人なんだって。どこかのアイドルか女優じゃないかってくらい。そんな女が、いきなり目の前で脱ぎ始めてエッチしちゃうってさ！」

「いやいやいや……マジで⁉　ホントにマジで⁉　どこよ？　マジで見てー！　つうか加わりてー！」

　朝からエロ話で盛り上がる男子たち。

　昨日までの里樹だったら喜んで話に加わっていたところだが、『都市伝説』が本当に存在することを知ってしまったからには迂闊に関われない。

（それって、ただの噂レベルなのか？　それとも、本当に妖魔が関わってるのか？　というか、仮にその現場に向かって、俺がまた妖魔を惹きつけたとしよう。万が一、御島さんたちが浄化に失敗してしまったら、俺が取り憑かれて人前でそのHな授業をやる羽目になるよな？　……となると、飢えた男子学生たち相手に俺が……）

「うあああああああああああああっ！　そんなの、いやだぁあああああああっ！」

守沢は頭を抱えて、震え始めた。

「守沢くん？　守沢くん、どうしたの？」

そこへ、千莉が心配そうな顔をして声をかけてきた。

「せっかく今日は早起きできたのに、少しもスッキリしていないみたいね。大丈夫？」

「え？　っていうか、なんで早起きのこと知ってるの？　もしかして、俺が時間前に来られたのって……風宮さんの言霊？」

「……うん。昨日、少しだけ言霊で……ね。本当はあまり気がすすまなかったのだけど、御島さんが『体験させたほうが理解が早いから』って言うものだから……」

「そ、そうだったのか。言霊ひとつでここまで変わるのか……」

「今日も部活があるから、遅れないで来てね。念のために言っておくけど、これは普通のお願いよ」

「は、はい……わかりました……」

今さら『やっぱり怖い。やめたいです』――などと言える空気ではなかった。一歩間違えば自分の貞操が飢えた男子学生たちに奪われるという恐怖は、並大抵のものではないのだが。

*　　*　　*

昼休み。トイレの帰りに廊下を歩いていた里樹は、偶然ななみと鉢あわせた。

「おっ、立川さん。これからお昼?」

「あっ。……あ、あの……こんにちは……」

男嫌いなだけあって、ななみのリアクションはぎこちなくて、よそよそしい。変身状態ではそうでもないのだが、普段はどうしても苦手意識が出てしまうようだ。

「ごめん。俺のことイヤ? 声かけて迷惑だった?」

「……な、ななみは迷惑ではないですけど、嬉しくはなかったですっ……あと……嫌ってないです……先輩が、苦手なだけです……」

(それって……やっぱり嫌われてるんじゃないかな……)

微妙な沈黙が流れると、ななみはハッとして謝り出す。

「はっ、はぅぅ……ご、ごめんなさいですっ。ななみは人に説明をしようとすると、失礼っぽくなるらしいのですっ……気分を害したのなら、謝りますっ……」

どうやら悪気はないらしい。里樹は声をかけたついでに、思いきって退魔士のことについて聞いてみることにした。

「……えぇっとさ……立川さんは怖くないの? あの部活。その、イヤなものも見えたりするんでしょ? 能力で」

「そ、それは……怖いです。妖魔には、何度も襲われかけたですし。ななみは、お姉様たちよりも弱いですから……で、でもっ！　誰かがやらなきゃいけないと思うですっ。識るのも浄化するのも、誰にでもできることじゃないですからっ……」

実際にななみは危険な目に遭ったことが何度もあるのだろう。それでも彼女の使命感は強いのか、きっぱりと言いきった。

「……迷ってますか？　先輩。でも、部活にはきっと来たほうがいいと思うです……半端に関わるほうが余計に危ないですからっ……」

「余計に……危ない？」

「そ、それでは、次の授業は移動教室なのでっ……また放課後ですっ」

ななみはお辞儀をすると、足早に去って行ってしまった。

（危ないとか言われてもなぁ……）

警告めいたことを言われて、里樹の不安は大きくなっていくばかりだった。

＊　＊　＊

（ついに……放課後が来てしまったか……）

重い足取りで、里樹は部室棟へ向かっていた。

昨夜の時点では美少女退魔士と一緒に活動できてラッキーぐらいに思っていたが、自分が妖魔に憑依されて男相手にエッチな都市伝説をやることになる可能性があると思うと、暗澹たる気持ちになってくる。

(都市伝説が起こってるうちは手出しできないみたいだしなぁ……魂を傷つけるとか言ってたし……。う～ん……でも、御島さんたちみたいな美少女と一緒に活動できる機会ってもう二度とないかもしれないし……)

さんざん迷ったものの、里樹は今日も都市伝説研究部の部室へ行くことにした。

「やあ、よく来てくれたね。守沢くん」

部室に入ると、綾香が笑顔で迎えてくれた。強さと優しさと美しさを兼ね備えた彼女を見て、さっきまでの不安はいくらか軽減された。

(そうだよな……御島さんがいればきっと大丈夫だ。昨日も一撃で妖魔をぶっ倒してたもんな。心配しすぎだったよな、俺……!)

そして、綾香以外のメンバーも揃っていた。ななみが、綾香の背中から顔を出しておどしながら口を開く。

「あ、あのっ……いきなりなんですが……ななみ、また、識えたですっ……今夜……遅くに……また都市伝説が起こると思うですっ」

「げっ!　昨日の今日でまた出現するのか……!　都市伝説ってずいぶん頻繁に起こるも

んなんだな～」

「ああ。奴らは休むことを知らないからな。だが、野放しにするわけにはいかない。もちろん、今夜も浄化に行くつもりだ」

「あ、あのっ……その都市伝説なんですが、どうやら『夜中の課外授業』と呼ばれているらしいですっ。この学園の校舎のどこかで、女の先生によるHな授業が、深夜に行われているという話みたいですっ……」

（げげっ⁉　それって……！）

今朝クラスの男子が話していた都市伝説そのまんまだった。

「確か、時間は『二十三時頃』、場所は『3－E』で起こるという噂だったわね。立川さんに識えたものも同じなのかしら？」

「は、はい……ななみに識えたのも、その辺りですっ」

「ふむ。それでは一度解散して、再び現場の近くに集合しよう。時間は二十二時半、待機場所は三階の階段のところで。いいな？」

（マジかよ……これ失敗したら大惨事すぎるだろ……）

しかし、作戦会議中に口を挟める雰囲気ではなかった。

（うう……俺の貞操が飢えた男子学生に奪われるのは勘弁だが……）

そう思うものの、今夜も里樹は妖魔退治のために囮にならざるをえないのだった——。

＊　　　＊　　　＊

夜の学校に集まった都市伝説部のメンバーは、さっそく校内を移動していた。目指すは、『3—E』だ。

「どうした？　守沢くん。怖いのかい？　前にも言ったが、心配には及ばないよ」

「そっ、そんなことないですよ……。怖いとか、恐ろしいとか、掘られるのは勘弁とか、全然、思ってないですっ！」

「ん？　掘られる？」

と、会話をしているうちに目的の教室の近くへやって来た。

「……か、かなり近くまで来てるですっ。あ、声が……？」

目的の教室からは、複数の男子の声が聞こえてきていた。

「この声は……？　授業を受ける男の子のものかしら」

「うむ。その可能性が高いな。妖魔め、いったいどれだけの人を集める気でいるのか」

里樹は綾香たちと一緒に、教室の後ろのドアからそっと中を覗いてみた。

そこには、二十代後半の眼鏡の似あう知的な女教師とそれを囲むようにして集まる男子学生たちがいた。

「みんな、集まってるわね？　それでは、授業を始めましょうか。みんな、これから先生の言うことをしっかり聞いて、オマンコへの理解を深めてくださいね」

女教師は妖艶な笑みを浮かべると、いきなり集まった学生たちにショーツを見せつけるように股を開いた。

「ああ、先生……俺、もう我慢できないよ！」

「はっ、早く生でマンコ見せてください！　ボクは今まで教科書の図でしか見たことがないんです！　本物のオマンコについて教えてください！」

正気を失っている学生たちは、興奮した様子で詰め寄る。

「うふふっ……♪　みんな、焦っちゃダメよ。あんまりガツガツしてると、本番のときに女の子に引かれちゃうわよ？　せっかくイイモノ持ってるのに、まだ童貞なんてもったいないわねぇ」

「せ、先生っ！　質問していいですか！　先生はオナニー毎日やってますか？　何回してますか⁉　バイブとか電動マッサージは使ってますか⁉」

「質問はあとで受けつけますから、まずは先生の話を真面目に聞いていてね。ちなみに先生は、毎日してます。回数はヒ・ミ・ツ♪　道具は、いろいろ使ってるわ♪」

女教師の言葉に、男子は沸き立っていた。もちろん、全員の股間は硬く勃起してズボンを押し上げていた。

「はぁ、はぁっ……そんなにギラギラした目で見られたら……オマンコ、濡れてきちゃうわ。オマンコは物理的な刺激だけじゃなく、気分でも濡れてくるのよ？　みんなのチンポも、膨らんできてるわね？　ズボンがパンパンに膨らんで、痛そう……んふっ♪　はぁんっ……でも、まだ取り出しちゃダメよ？」

　大人の色香を漂わせながら、女教師は特別授業を進めていく。

「んっ、んうっ……ついでに、下着のことも説明しておきましょうか。女性用と男性用で違いがあるのは、みんなわかるわよね？　ぁはぁ……はふっ……男子の下着は、前の部分にチンポを取り出すための穴が開いていたりするけど、女性用には、基本的にはついていません……でもぉ……エッチな下着には、穴やスリットが開いている物もあります。前の布部分ではなくて、

オマンコの割れ目付近が開いているのよ。ふふっ♪　さて、それは、なぜでしょうか？」

授業をしている女教師自身も興奮しているのか、ショーツの割れ目部分が湿って張りついていく。

「はぁ、はぁっ……すげぇ、もう、割れ目浮かんでるぜ！」

「た、たまらねぇよ、先生……いい匂いするし！」

「うふっ……♪　理由がわかる人いるかしら？　前じゃなくて、股の布の部分に穴を開けるのはなぜか、わかる人……いる？　誰か、答えてみて？」

女教師がショーツ越しに割れ目を人差し指でなぞり上げると、「ニチュッ……」という艶めかしい水音が響いた。

「ハイハイハイハイ！　お、俺っ……わかりますっ！　パンツの穴がそこにある理由！　パンツ脱がさなくても、オマンコいじったりできるからです！」

女教師のすぐ目の前の学生が挙手して、興奮しながら答える。

「はふっ……はい、正解よ。脱がなくても、オマンコに指を入れたり……ぁんっ、バイブを入れたりできるから……ぁ……んぁっ……もちろん、チンポも入れられるわ♪」

女教師はショーツの両端に手をかけると——。

「それでは……実物のオマンコを見てみましょう。みんな、まだチンポはそのままよ？パンツは、先生の指示があるまで脱がないように……いいわね？」

男子学生たちに見せつけるようにショーツを脱いでいった。

「はぁ、はぁっ……みんなに見えているかしら？　これが実物のオマンコです。ヌメヌメしたヒダや、穴が見えるでしょう？　しっかり観察してね♪」

露わになる大人の女性のオマンコに、男子学生たちの興奮はさらに高まっていく。

「お……オマンコって、あんなになってるんだ……！」

「うわ、ぁあっ……すげぇ……ヒクヒクしてる……エ、エロい……！」

「うふっ……♪　みんなは、普段『マンコ』、『オマンコ』などと呼んでいますが、それは女性器の総称です。以前授業で習っていると思いますが、各部位には正式な名前があります。『小陰唇』、『大陰唇』は、聞いたことはありますか？　『小』が俗に言うビラビラの部分です。『大』は割れ目両脇の、柔らかいお肉にあたりますね……。はぁ……小陰唇は興奮すると充血して、肉厚のヒダになります……左右のヒダのあわせ目辺りにあるのが、『陰核』です。『クリ』とか『クリトリス』とも呼ばれますね……んんっ」

実際に割れ目を拡げながら、女教師は女性器について解説していく。

「んっ、んぁっ……クリは、男子のオチンポと同じです。亀頭と、ほとんど同じ部位です。こうして刺激をすると……んくっ！　強い、快感を……んあぁっ！　んんっ、膣の場所は……説明するまでもないかしら。ここにある穴がそうです……入り口部分が『膣口』、内部が膣本体というか、膣壁になりますね……。んっ、はふぅっ……こうして見ていると、間違わないと思うでしょうけど……エッチのときには、うまく入れられない人もいるので……注意、しましょうね。たとえば……」

女教師は興奮している男子学生を満足そうに眺めてから、指を艶めかしく動かしていく。

「ぅ、んぅっ……膣口の上の尿道口。ここに入ることはめったにありませんが、チンポの先がここを叩きつけてることもありますから……ふぁ、あんっ。はぁっ、はぁ……その他……体位にも、よりますが……ぅ、あぅっ……勢いをつけすぎて、肛門にチンポをねじこもうとしないように……ぁあんっ、あぁっ……♪」

あまりにも卑猥な特別授業に、男子学生たちはズボンに手を入れて肉棒を握り締めていた。中には、小刻みに揺さぶり始めている者もいる。

「こ、こらっ……みんな授業中なのにオナニーなんかして……はぁ、はぁあっ……ダメじゃないっ……そんなこと、されたら……先生、チンポほしくなっちゃうわ……んぅ、んっ……もう少し、女性器について詳しく解説をするつもりでしたけど……はぁっ、はぁ、はぁあっ……みんなには、実技で見てもらうことにしますね……♪」

エッチすぎる授業内容に、里樹も生唾を呑みこんでいた。女性陣も平静を装っているものの、ほんのりと顔が赤くなっている。さすがに自分の学園の教師が淫らなことをしている姿は、刺激が強いようだ。

「うふふっ……♪　それじゃあ、そこのキミ……はぁ、はぁっ……キミに、協力をお願いしてもいいかしら？」

「え？　ぼ、ボクですか？」

「キミのチンポをオマンコに入れてほしいの。みんなにセックスのお手本を見せてあげてね？」

「はっ、はいっ！　がんばりますっ！」

ついに実践性教育が始まった。

選ばれた男子学生は震える手でチャックを下ろして肉棒を露わにすると、女教師の膣口に亀頭を押しあてた。

「んはぁあっ！　ぁあ、そう、その調子よ……そうやって……あっ、はぅ……お、奥に……入れて……んぁああっ♪」

「んぅうっ！　ぁあ、熱いっ……チンポ溶けそう……っ」

男子学生はくぐもった声を上げながら、肉棒を挿入していく。

「はぁっ、はぁっ……ゆっくり、ゆっくりでいいから……竿の根元まで、ぁ、穴に……埋めて……そうよ、そう、そのまま……ぁんっ、あぁ……ん、はぁっ……挿入は、ぁふっ……自分のペースで、全然かまいません……ふぁっ、んはぁ、一気に奥まで突いても、それはそれで、快感が……あぁっ！　い、いいわぁっ……チンポ硬くて、熱くてっ……若い童貞くんの元気なオチンポ、んはぁ、はぁ……さ、最高ぉっ……♪　あぁあっ！」

「ふぁ……ふはぁあっ……！　ううっ、先生のオマンコ、すごく食いついてくるよ……！　うぁ、あぁあっ！　すごいっ！」

「んはぁ、はぁっ……だって、気持ちいいの……気持ちがいいから、オマンコがチンポを締めつけちゃうのよ……はぁ、あぁ、ゴツゴツ、かたいっ……あぁぁんっ♪」

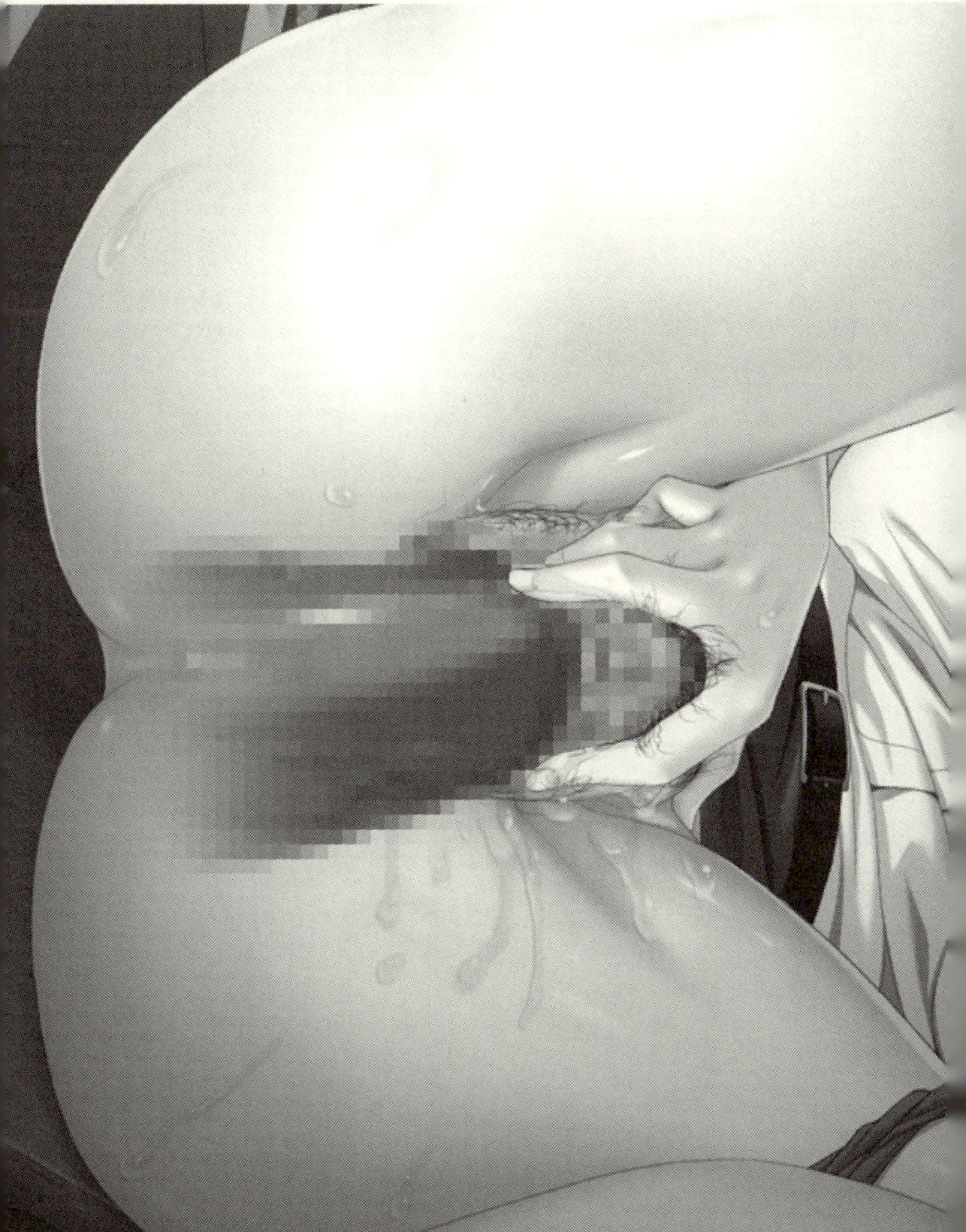

女教師と童貞学生の生々しいセックスに、周りの男子学生たちも盛り上がる。

「うわぁ、すげぇニチャニチャしてる。穴もドロドロだ！」

「先生、すごいエロい顔してる！　チンポ入ると、そんなに気持ちいいんだ⁉」

「そ、そうよ……そう、なんです……気持ちがいいから、こうして身体が……はぅうっ！　んぁあっ……反応をしてしまうのよ……ぁうっ！　んくぅ！　あっ、あぁっ！　そ、その調子……んぁ、ぁんっ！　好きに動いて……思いっきり、突いてぇえっ……！」

挿入している男子学生は興奮したように腰の動きを速めていく。

「せ、先生っ……オマンコ、すごく気持ちイイです……！　う、うああっ、こ、腰が、止まらないです！」

「はうぅっ！　あぁ、はあぁっ……先生も、気持ちいいわよ……！　そのままチンポで、オマンコをかき回して……射精して、ちょうだいね……ふぅ、はふぅっ！　んぁあっ……み、みんな……ちゃんと見てるかしら？　オマンコは、刺激されると充血します……はぁっ、ぁ、あんっ！　チンポに、こすられて……ぁ、あんっ！　ふぅっ、ふぅっ、膣の入り口の辺りが……感じやすいところで……ふぁあ、ぁ……他、には……性感帯、は、あ、あぁっ、クリも、いじられると、感じるから……」

「せ、先生っ……セックスのときはクリも、いじったほうがいいんですか？」

「ぅ……んくぅっ！　慣れないなら、無理しないで……はぁ、はぁっ……加減できなくて、爪立てるくらいなら、……くっ、んぐっ……触らない、ほうが……ぁあっ」

　女教師が質問に答える間にも、挿入している男子学生は激しく腰を振り続ける。

「あぁんっ！　はぁ、あ……ち、ちんぽぉっ……チンポが奥まで、と、届いてっ……ぁあ、ゴリゴリ、なっ、なか……なかっ、こ、こすってるぅ……あはぁあっ！　んはぁあああっ！　きもち、いぃっ！　童貞チンポ、最高ぉっ……♪　うぁ、あはぁあっんん！」

　もはやこれ以上の解説は不可能のようだった。女教師はとろけたエロ顔を晒して、すっかり快楽に耽っていた。

「うぅっ、はぅっ……！　せ、先生っ、ボク、そろそろ出そうです！　ど、どうしたらいいですか？」

「出そうなの？　うふふっ♪　いいわよ、いつでも出してね……？　先生のオマンコで、種つけセックスの練習をしてちょうだい♪　いっぱい動いて、チンポかき回して……さぁ、射精していいのよっ♪」

「うぁぁあ！　せっ、先生っ……！　せんせぇっ最高だよっ……！　あああ！　で、出るっ……うっあああああ！」

　女教師の言葉に興奮が最高潮に達した男子学生が、猛烈な勢いでピストンしまくる。

「っあぁあっ！　んぁ、はぁんっ！　あ、あっ……すごいっ♪　んくぅっ！　オマンコ熱いっ……！　んはぁあ、はぁ、わたしもっ、いっ、いき……そうっ！　きちゃうっ……

中出し、されちゃうっ！　童貞の濃い精液っ……あぁ、種つけされちゃうっ♪　あぁっ！　いくいくっ、いっくぅうううううううううううううっ！　いくぅううううううううううううっ！」

そして、同時に絶頂を迎えた女教師と男子学生はブルブルと全身を痙攣させて愛液と精液を放っていく。

「あ、熱ぅうっ……♪　うぁ、んはぁあっ！　せ、精液っ……来てるわよっ……奥まで、熱いザーメン、んっぅうううううううっ♪」

「くううっ……！　ぁ……あぁっ……まだ出るっ！　うああっ、すごいっ、先生の中、熱くて気持ちいいよぉおっ！」

激しい中出しセックスを目のあたりにして、周りの男子学生はそれぞれ肉竿を取り出して激しくしごき始める。そして、次から次へと射精を始めた。

「ああ、みんなチンポ、たくましいわっ……！　はぁ、んぁあっ！　もっと、もっとしごいてっ、射精してぇっ♪　んはぁああああっ！　あはぁあああああああっ！」

女教師が再び激しく絶頂するとともに——膣内から、白い靄が立ち昇り始めた。

「あっ、せ、先輩っ……早くですっ！　妖魔が出てくるですっ！」

ななみに急かされて、股間を硬くしていた里樹は自分の役割を思い出した。

「あ、そ、そうか……俺囮になんなきゃいけないんだった」

「守沢くん！　時間がない！　行ってくれ！　あとのことは、私たちに全て任せろ！」

「えっ、あっ、はいっ！　行ってきます！」

綾香の言葉に弾かれるようにして、里樹は教室のドアを勢いよく開けて中に入った。女教師のエロさに夢中になっていたおかげで、恐怖感は消えていた。

「こ、こいっ！　妖魔！　こっちだぁっ！」

里樹が叫ぶと、女教師だけでなく男子学生たちからも白い靄が出てくる。

「げげっ⁉　先生だけじゃなく、こいつらからも出てくるのかよ……！　やばい！　マジでピンチじゃないのか⁉」

妖魔の靄は、十体。それが里樹にゆらゆらと向かってくる。

「うあああああ！　男子相手に性の特別授業なんて絶対に嫌だあああああああっ！」

「気を確かに持て！　弱みを見せるとつけこまれるぞ！」

綾香たちも教室に入って、それぞれ浄化を始める。しかし、女教師についていた妖魔の親玉は天井から急降下するように里樹に向かってきた。

〝俺サマ　コノカラダ　モラウゾ！〟

「ヒッ⁉　やばっ……憑かれるぅ⁉」

万事休すと思われた、そのとき――。

「破ぁあああああっ！　滅せよ！　不浄なるもの！」

千莉が間一髪のところで割って入って破邪の言霊を詠唱した。それによって、妖魔は風の刃に引き裂かれるようにして霧消していった。

「はぁ、はぁっ……よかった……間にあった……」

「あ、ああ……か、風宮さん……あ、ありが……」

「もうっ！　『気を緩めるな』って言われたでしょう⁉　バカっ！　もう、バカっ！　あとちょっとで憑依されるところだったのよ⁉」

千莉には怒られたものの、どうにか今回の妖魔退治を無事終えることができた。

（はぁはぁ……助かった……男子学生相手に性の授業やるなんてなったら、これから生きていけなくなるところだったぜ……）

里樹はヘナヘナとその場に崩れ落ちて、肉棒丸出しで倒れこんでいる男子学生たちを眺めるのだった。

# 第二章 惑わしの書と俺得都市伝説

夜の教室での妖魔退治の帰り。
里樹は、進行方向上の道路の上に妖しげな書物が落ちていることに気がついた。
(なんで、道のド真ん中に……落とし物にしても不自然だろ)
嫌な予感を覚えつつも、吸い寄せられるようにその書物を手に取ってしまった。
すると――突然、目の前が暗くなった。

〝ヌシは真《まこと》に不遇であるのか？〟

古びた書物から、声のようなものが聞こえてくる。正確には、脳に直接言葉が響いているかのようだ。

〝我は、『惑わしの書』。我の力の全てが、この中に封じられている。ヌシは我らに愛されし者。我らに力を貸し、書の縛《いまし》めから解放してくれ。ヌシよ、我らの力を解き放て。さすれば、全てはヌシの思うままになるであろう〟

「え？　ちょ、ちょっと待って……なんの話だ？　この本がなんだって？」

一方的に言葉が脳内に浮かんだかと思うと、それっきり書物は沈黙した。

やがて、暗かった視界が徐々に元に戻っていった。

「夢だったのか……？　いや、夢だったら……俺、道の真ん中で立ったまま寝てたことになるよな……」

そもそも、手にはしっかりと妖しい書物が掴まれたままだ。紐綴じのそれは、年代を感じさせるものだった。

＊　＊　＊

「結局、持ち帰ってきちゃったよ……まぁ、俺も都市伝説研究部の一員だしな……。一応、調べてみる価値はあるよな？」

自宅に帰った里樹は、先ほどの書物を読んでみることにした。

「えーと……なにが書かれてるのかな……っと」

ページをめくってみたものの、最初の数ページしか記述されていない。しかも、それは

――。

「な、なんだこれ？　俺たちが浄化した妖魔の都市伝説が書かれてるぞ……？　……？　これって、もしかすると、ここに都市伝説を書けば、実際にそれが起こったりするのか？」

根拠はないはずだが、なぜかそういう気がしてならなかった。

里樹はペンを手に取ると、まるで憑かれたように、これから起こってほしい都市伝説を創作していった。

「そうだ……！　どうせ俺は囮役で危険な目に遭うんだし……俺がこの目で見てみたい、楽しみたいヤツを優先的に起こしたってバチはあたらないよな！」

そして、いくつかのエッチな都市伝説を書き終えると、里樹は書物を机の引き出しの奥へしまいこんで、寝てしまった。

＊　　＊　　＊

「これまで全部員でひとつの浄化任務にあたっていたが、しばらくはふたり一組で行動し、それぞれが妖魔の浄化に向かうことにしようと思っている。低級妖魔の出現頻度が上がっているのでな。効率を求めることにした」

放課後。部室にやってくるや、綾香からそんなことを言われる。

「異論はないかい？　今回、キミは私と組んでもらう。千莉はななみとチームを組んでほしい」

「わかりました。それでは、私たちは別の妖魔の浄化任務に向かいます！　守沢くん、気をしっかり持って。御島さんの足手まといにならないようにね！」

「あっ、あのっ……ななみも、千莉お姉様と一緒に浄化へ行ってきますですっ！」

千莉とななみはさっそく部室を出て行ってしまった。

「あ、あの……御島さん。今回の都市伝説の内容は、もうわかっているんですか？」

「さんづけするのは堅苦しいだろう？　『綾香』でかまわないよ。その代わり、私もキミを里樹と呼ばせてもらおう。他のメンバーと同様にね。いいかい？　里樹」

「は、はい」

綾香はリーダー気質の持ち主というか、都市伝説研究部の中心的存在なだけに頼りがいがあった。

(俺よりも男らしいというか……しっかりしてるよな、綾香は……)

「ところで、先ほどの都市伝説の件だが……ななみの識立てでは、放課後に起こるらしい。場所は、学園の敷地内。しかも、この部室で起こる可能性が極めて高いそうだ。夜まで待つ必要もないし、すぐに対応できそうだな」

「それってもしかして……『透明人間』ですか？」

「おや？　詳しいね。里樹も聞いたことがあるのかい？」

詳しいなんてものじゃなかった。そのネタは、里樹が昨夜、例の妖しげな書物に書き加えた都市伝説そのものなのだ。

「『放課後、透明人間が学園を徘徊していたずらをする』という話らしい。里樹の知っている話と、どこまであっているかはわからないが……妖魔に取り憑かれた者は、標的を探して学内をさまようらしい。ななみの見立てでは、浄化対象となる妖魔は一体とのことだ。そこで……」

そこまで言って、綾香はなぜか目をぱちくりさせた。

「あれ……？　里樹？　どうした、どこへ行った？　まさか、怖じ気づいたわけではないだろうな？　……どういうつもりだ？　急にいなくなるとは……！　まさか、トイレにでも行った

のか……？」

綾香の反応は、まるでこちらが見えていないというふうだった。

（え？　マジで⁉　俺がいないことになってるのか？　つまり、本当に……俺が都市伝説の主役になれるってことか！）

「私ひとりでも浄化は可能だが……勝手に単独行動を取られても、守ってやれる保障はないぞ！　まったく、世話の焼ける……っ、んっ……？　な、なんだ、これは……？」

綾香は異変に気がついたようだ。

まるで金縛りにあったかのように、全身を硬直させる。

（……『透明人間に狙われた人は、金縛りに遭う』……俺の書いた通りだ。そして、俺のことが見えてないってことは、いたずらし放題……思うままいじり放題ってことだよな！　仮に俺の正体がバレたときは妖魔に取り憑かれたってことにすれば言い訳も立つし……。よ、よし、やってやるか……！　せっかく、綾香とふたりっきりなんだし！）

里樹は机の下に潜りこむと、綾香のスカートに顔を近づけていく。

（こ、これは……綾香のパンツ……！）

純白のショーツを間近にして、里樹の胸は高鳴った。

（この生地の向こう側に、生のオマンコが……綾香の割れ目があるんだ……！）

里樹は鼻息荒く、スカートの両端を掴んでめくり上げた。さらには、ショーツをずらして割れ目を露わにする。

「なッ……⁉ くっ……ぅあ……！」

綾香は驚きの声を上げるも、身体は微動だにしない。されるがまま、アソコを透明人間化した里樹に晒してしまう。

（おぉおっ！ 綾香のオマンコが、すぐ目の前に……！ 綺麗な一本筋に、慎ましやかな肉芽！ す、すげぇ……！）

里樹は割れ目の左右に手を添えると、ゆっくりと開いていった。

「ッ……⁉ んぁっ、あぁ……はぅっ……！」

凄腕の退魔士といえど、秘部を拡げられるのは恥ずかしいに決まっている。普段の余裕ある態度を保つことができずに、綾香は声にならない悲鳴を上げてしまった。

（お、おおぉ……！ 綾香のオマンコ……処女膜ついてる……！）

学園一の美少女の処女膜を確認して、里樹の興奮は最高潮に達する。

（ああ、見ているだけじゃ我慢できねぇ……！）

里樹は顔を近づけると、割れ目に舌を伸ばして侵入させていく。

「んんッ⁉ あっ、あぅっ……！ ん、くぅっ……！」

綾香は身体をビクッとさせて、口からせつなそうな声を漏れ出させる。舌をゆっくりと動かして膣内をなぞると、かすかに甘酸っぱい味がした。

（これが綾香のオマンコの味なのか……！　くぅう！　興奮するぜっ！）

里樹は遠慮することなく舌を動かして、処女膣を堪能する。

「はぅ……！　うぅっ、く……ぅ……！　ふぅ……く、ふ、不覚だ……まさか、すでに妖魔が侵入していたとは……んぁあっ……！」

綾香の口からは艶めかしい喘ぎがこぼれ出てくる。里樹は、動くことのできない女の子にイタズラすることがこんなに楽しいとは思わなかった。そのまま夢中になって、ますます大胆に美少女退魔士のオマンコにむしゃぶりつきまくる。

「ソンッ……！　はぁ、はぁっ……！　ぁ、あぅうっ！　はふぅっ……ぅはぁっ……！」

鼻にかかった甘い嬌声を響かせて、綾香は悩ましげな表情になる。そして、膣奥からは甘い愛蜜が止めどなく溢れ出してきた。

（もはや洪水状態だな……！　よーし、このままイカせてやるぜ！）

里樹は綾香の股間に唇を密着させて舌を奥まで突っこむと、激しく顔を左右に振りまくった。

「んあああぁんっ！　は、はげしっ……ぃ、いっ！　……ぅあ、んはぁあぁっ！　はぁ、はぁ……はふっ！　うぅっ……　も、もう……ぁあぁっ……ぁぁあああああああああ！」

ビクビクと激しく全身を痙攣させるや、綾香は腰を突き出して透明な潮を噴き出した。

どうやら里樹の舌技によって達してしまったようだ。

「んはぁ……ぁ、はぅっ！　ふ、不覚っ……！　はぅっ！　んふぅうっ！　うぅっ……」

快楽の余韻に身体をビクつかせながらも、綾香は正気を取り戻しそうだった。

(ここは姿が見える前に、一度この場を離れないとマズいだろうな……俺が攻撃されたらやばいし……)

里樹はこっそりと綾香から離れて、一旦、部室を抜け出した。


そして、アリバイ作りのために一度トイレに行ってから、再び部室に戻ってきた。

そこには、スカートとショーツは直されたものの髪は乱れており、息も少し荒い綾香がいた。

「はぁ……り、里樹……キミは……どこへ行っていた？　んんっ……突然姿を消したようだが……ふぅ……」

「す、すみませんっ！　急にお腹が痛くなって……トっ、トイレに……！　……それより、なんかあったんですか？　息が上がってるようだけど」

「あ、ああ、件の都市伝説の妖魔が現れてな……。私のミスで取り逃がしてしまったようだ……不覚だ」

綾香は心底悔しがっていた。まさか、目の前の里樹が透明人間の正体だとは夢にも思っていない様子だ。

（……よしよし、うまくいったな！　完璧に俺だと気づかれてない！）

「怪我とか大丈夫ですか？　なんなら俺が手当しますけど」

「あ、案ずるな！　問題ない。私は大丈夫だ。……今日は、これで解散しよう。里樹も、ゆっくり休んでくれ！」

綾香は慌てた様子でそう言って、強制的にこの日の部活を終わらせてしまった。

その間にも、クラクラするような甘い女の子の匂いが里樹の鼻腔をくすぐり続けていたのだった。

（ああ、これ綾香のオマンコの匂いだよな……そうか、俺に気がつかれないように、早く解散ってわけか）

里樹は内心ニヤニヤしながらも、一足先に部室を出て帰宅していった。

＊　＊　＊

自宅に帰るや、里樹は快哉を叫んでいた。

「よっしゃあああああああ！　あの『惑わしの書』ってやつ、本物じゃないか！　まさか綾香にあんなことできるなんてなっ！　最高すぎるぜ！」

昨日書き足した都市伝説は、まだまだたくさんある。それを利用して彼女たちにエッチなことができることに、里樹はこれまでにない興奮を覚えていた。

「不幸だけだった俺の人生が、ついに薔薇色に変わる日が来たなっ！　明日の部活が、本当に楽しみだぜ！」

こうして、『惑わしの書』の力をえた里樹は、不幸なだけだった人生を劇的に変えていくのだった――。

＊　＊　＊

「あ、あの……風宮さん。それで、ここで起きるかもしれない都市伝説って？」

翌日の昼休み。今回の妖魔退治では、里樹は千莉とペアを組んで、屋上へ来ていた。

もちろん、これから起こる都市伝説の内容は知っているが、わざと千莉の口から言わせることにしたのだ。

「……あ、あまり気持ちのいい話ではないけれど……お昼ご飯に、その…………いつの間にか、精液がまぶされているそうよ……。『精尽弁当《しょうじん》』と呼ばれているらしいわ」

千莉は顔を赤らめながら、説明してくれた。

（やっぱり、俺が書いた通りだな……！　それじゃあ、今日は……文字通り、委員長に俺の都市伝説を味わってもらうとするか……！）

「守沢くんには、いつもと同じように囮役を頼みます。私もできる限りのフォローはするけど、あまり先走らないでちょうだいね」

「え？　でも、その話俺も知ってるけど……確か女子の弁当にしかぶっかけられないって話じゃなかったっけ？」

里樹の指摘に、気まずい沈黙が流れた。

「……つまり……私がやるしかないってことよね……」

千莉はベンチに腰掛けると、渋々といった感じで弁当を広げた。唇を噛みしめ、無言で弁当箱を眺めている。

「うぅっ……なんて下品で、破廉恥な妖魔なのっ……！　くっ……来るなら来なさいっ！　すぐに浄化してやるんだから！」

それでも、千莉にとっては使命感のほうが勝るようだった。自ら精液まみれの弁当を食べようというのだ。

（ふふ、俺が書いたネタ通りになるとすると、ただ弁当にザーメンぶっかけられるだけじゃないんだけどな……さて、どうなるか？）

そうしている間にも、突然現れた白い靄が千莉の口内に入っていった。

「んんっ……!?　は……あ……し、白いドロドロの精液が、私のお弁当に……ぁ、あぁっ……かけられる……のよね」

千莉はお弁当を膝に乗せたまま、虚ろな表情になって呟く。

(よし、始まったか!)

里樹は内心ほくそ笑みながら、千莉に問いかける。

「えっと……風宮さん? 大丈夫?」

「……オカズ……精子……守沢くん、精液、ちょうだい……」

「えっ? 今、なんて……?」

「……守沢くん、あなたの精液をちょうだい……。こんなの、お弁当なんて言えないわ。お弁当には精液がなくちゃ……」

千莉は憑かれた表情で、精液を求め始める。

「え? 風宮さん、ホントにほしいの? 俺の精液」

「あ、当たり前でしょう? お弁当なのよ? ドロドロの精液がないと、だめじゃない……あぁ……こんなみすぼらしいお弁当……恥ずかしい……は、早く、ちょうだい……お願い、だから……お願いだから、早く……」

「いきなり出せっていわれても……困っちゃうなー」

里樹はわざと焦らしながら、逆に千莉にあることをお願いする。

「じゃあ……風宮さん、精液出すの、手伝ってくれるかな? それなら、協力できるか

もしれないし……」

「す、するわ……私も手伝うから……。だから、精液を出して……。守沢くんの精液、たっぷりかけてほしいの……」

無茶苦茶な要求にもかかわらず、千莉は受け入れてくれた。都市伝説の力は、まさにチート級の威力だった。

「よし、わかった。じゃ、風宮さんに協力するよ！」

里樹はズボンから肉棒を取り出すと、千莉の顔に近づける。

「はぁぁ……オチンポ……守沢くんのオチンポ……♪」

千莉は迷うことなく肉竿に指を巻きつけて、前後にしごき始める。

「はぅっ……！　あ、熱いのねっ……！　男の人のオチンポって……筋も浮き出て……ビクビクしているし……」

千莉は恍惚の表情で肉棒を見つめながら、手コキのスピードを上げていく。

「んっ、んぅっ……こうして、握って、さすっていれば……精液が出るのよね？」

「うん、そうだね。がんばって、風宮さん」

「え、ええ……がんばります……精液たっぷりの精尽弁当……早く、完成させないと……んっ、んぅうっ……はぁ、はぁっ、んっ……オチンポが、こんなに熱くて硬いものだったなんて……知らなかったわ……」

「そうそう、そうやって握ったままで……手を往復させて……チンポを、しごいてくれたら……ぅうっ……」

普段は真面目で厳しい千莉が色っぽい表情で肉棒を握り締めてしごく姿は、かなり扇情的だった。

「ああ、いいよ……風宮さんっ……！　すごく、気持ち、イイっ……！」

「気持ちいいの、守沢くん？　ふふっ……よかった……今すぐ出してもいいのよ？　はぁ……はぁ……早く出して……ね？」

手の動きがスムーズになるにつれて、鈴口からカウパー液が溢れていく。

「んっ、んぅっ……なにか、汁が出てきたみたいね……はぁ、はぁっ……射精まで、あと少しなのかしら……」

千莉は顔を上気させながら、ヒクつく鈴口を観察する。

「んぅっ……先っぽ、もうこんなにヌルヌルになってるわ……ネバネバしていて、とても濃いのね……」

千莉はカウパー液を亀頭全体に塗り拡げるようにすると、スナップを利かせて手コキを激しくしていく。

「うくっ、うっ、あああぁっ！　それ、すごいよっ、風宮さんっ……！　ううっ、ああっ！ゴメン、もう、出るっ！」

里樹は勢いよく腰を突き出すと、お弁当のみならず千莉の顔や身体にも精液を浴びせていった。

「ンッ……ぁ、ぁあっ……！　きゃぁあっ……！　はぅうっ！　んぅぅっ……！　ああ、なにこれ、すごく熱いわっ……」

生真面目な委員長に精液をぶっかけていることに興奮して、里樹は次々と精液のシャワーを降らせていく。

「はぁっ、す、すごいわっ……！　こんなにっ……ごはんにも、顔にも、たくさんお汁が……はぁ、はぁっ……色もニオイも、すごく濃いのね……」

千莉は瞳を潤ませて、弁当に降りかかった精液をうっとりと眺める。

そして――。

「はぁ……はぁっ……お弁当、とてもおいしそうね……ふふっ……ありがとう、守沢くん。ドロドロで、生臭い精液……あぁ、なんて素敵なお弁当なのかしら……！　はぁはぁ……それじゃあ、いただきますっ……」

千莉はお箸を取り出すと、迷うことなくアツアツドロドロのザーメン弁当を口に運び始めた。

「もぐっ……はむっ、んむっ……お弁当、おいしいわ……このドロドロの精液の舌触りが、なんとも言えない感じで……んく、ごくっ……」

「か、風宮さん……本当においしいの？　それ」

「えぇ、おいしいわ。はむっ、んくっ……爽やかな精液の味が口の中に絡みついて、ごはんにも粘液がまとわりついてくるの……。あぁ、こんな食感……はじめて……はむっ……鼻に抜けていく生臭さや、喉の奥に引っかかる粘液の感触……新鮮な精液ならではの味わいね……パクッ、ごくんっ……！　……ごめんなさいね、守沢くん。こんなにおいしいものを独り占めしてしまって」

自分で作った都市伝説ながら、里樹は目の前の光景に唖然としてしまった。

（本当に『惑わしの書』の効果はすごいな……あの風宮さんが満面の笑みで精液弁当食べてるよ……）

そして、千莉がお弁当を完食したところで、都市伝説を起こした妖魔が千莉の口から抜

け出ていく。

「………はっ……⁉　よ、妖魔は……⁉」

正気に戻った千莉だが、すでに妖魔は空高く逃げていってしまっていた。

「ああっ、もうあんなところに……！　なんということなの……！　これじゃ、私の言霊も届かないわ……」

結局、妖魔退治に失敗してしまい、千莉は無駄にザーメン弁当を食べるだけになってしまうのだった。

＊　＊　＊

そして、放課後。里樹は、今度はななみと一緒に行動をしていた。場所は校庭だ。

「ところで、今回の都市伝説ってどんなんだっけ？」

里樹が水を向けると、ななみは顔を赤くしておどおどしながら説明し始めた。

「え、ええっと……ですねっ……そ、そのっ……ちょっと、えっちい話なのですっ……『精液が出てくる蛇口』って言って……どこかの蛇口から、男の人の精液が出てきちゃうらしいですっ……」

「へー、そうなんだ。どれどれ……」

里樹は水飲み場に近づくと、さっそく蛇口をひねってみる。しかし、精液どころか水も出ない。

「え？　あ、あれ？　断水とかじゃないよね？」

「あ、あのっ……先輩！　ななみも試してみるですっ」

ななみが、一番真ん中の蛇口をひねった瞬間――。

「きゃあっ⁉　ぁ、はぅうっ……！」

蛇口から出てきた白い靄状の妖魔が、ななみの体内に入りこんでしまった。

（おお、これも俺の筋書通りだな……蛇口から出ていくって設定もそのままだ……）

里樹が感心している間に、ななみの表情は虚ろなものに変わっていってしまった。

「……はぁっ、はぁっ……蛇口……見つけました……きっと、これがそうですっ……」

すっかり憑かれてしまったななみは、ひざまずいてこちらの股間に手を伸ばしてきた。

そして、迷うことなくズボンから肉竿を取り出してしまう。

「はっ……はぅうっ……先輩……ななみ、急に……喉が渇いてきたですっ……喉が、渇いて……もう我慢できないです。んぅ、んくっ……先輩、お水飲んでもいいですかっ？」

ななみは肉竿を握り締めながら、上目づかいで尋ねてくる。

「えっ？　水を飲みたい？　なら、好きなだけ飲んでいいよ。まぁ、ここから出せたらの話だけど……」

「先輩っ……ほ、ホントですかっ？　ななみ、がんばりますねっ……ここから、いっぱいお水出しますからっ……はむっ、んぅぅ……！」

ななみは嬉しそうな表情を浮かべると、いきなり肉棒にしゃぶりついてきた。

「お、おおっ……そんな、いきなり奥までっっ」

「はむっ、ちゅばっ……んっ、ぷぁっ……お、お行儀悪くて、ふみまふぇん……れもぉ、おみじゅ、ほひいんですっ……ちゅぅうっ」

ななみは小さな口全体で肉棒を咥えこんで、しごき上げてくる。生温かくて狭い口穴の感触に、すぐに里樹の肉棒は勃起してしまった。

（くぅうっ！　これが、フェラなのか……！　すげぇヌルヌルしてて気持ちいい！）

「ううっ、ぅ……んふぅうっ、んくっ、じゅぷぷっ……ぢゅるるるるっ……ずるっ」

ななみは一生懸命に顔を前後させて、肉棒から『お水』を出そうとしてくる。

「じゅぷ、ぐぷっ、じゅぷぷぷっ……ぷはぁっ……蛇口、熱くなってきたです……はぁ、はむっ……んくっ……」

「おっ、おお……いいぞ、そ、その調子でやってれば……！　がんばってくれたら……『お水』、出てくるからな……！」

「はぁ、はぁっ……はぃ……もうちょっと、がんばりまふっ……ん、んふぅっ……じゅぶ、じゅぷぷぷっ……」

ななみは必死に肉棒を頬張り、舐めしゃぶり続ける。

「じゅぶぶっ、ジュッ……ずる、じゅるるっ……ぢゅ、ジュプッ、じゅぷぷぷ！　んふぅっ、ふぅっ……ちゅううっ、ちゅ……チュバ……はふぅ、んふぅっ……ぐぷぷぷっ！」

ななみは卑猥極まりない水音を奏でながら、口内を唾液とカウパー液で満たしていく。

その温かさと気持ちよさに、里樹は口が半開きになってしまった。

（あぁ……！　こんなあどけない顔して、よだれたっぷりのフェラするなんてエロすぎだろ……！　すごいな、都市伝説！）

肉竿はどんどん熱を帯びていって、射精欲求がこみ上げてくる。

「うぅ……ああ、そろそろ、出るかもよ、立川さん……！　み、みずがっ……！」

「ふぁ、ふぁいっ……がんばりまふっ……じゅぶぶっ、ぢゅぢゅっ！　ちゅ、じゅるるっ、ちゅぶっ……じゅるるっ！　ンッ……んくっ！　んふぅっ……！」

ななみは肉竿をさらに深くまで咥えこみながら、激しく頭を前後させる。口腔粘膜と舌で肉竿を滅茶苦茶にこすられる刺激に、ついに里樹は限界を迎える。

「ゴメン……！　で、でるっ……うあああああっ！」

里樹は脳天を突き抜けるような強烈な快楽を感じながらも腰を突き出して、精液をななみの口内にぶちまけた。

「んうぅぅぅぅっ……！　んぐぅ……っ⁉　う、んぅっ……！　んぅうっ……ぅぷっ！

んぶっ！　は、はぅぅぅっ……！」

ななみは肉棒を咥えこんだまま、精液を口内で受け止め続ける。

「大丈夫？　立川さん、『お水』、飲める？」

「はぅ……ぅぷっ……んふぅっ……ぅぶっ……！　んっ、ふぁいっ……おみじゅ……飲みまひゅ……んくっ……んぐっ……ぅぷっ……コクッ、ごくっ……ごくんっ……！」

ななみは涙目になりながらも、喉を鳴らして少しずつ精液を飲んでいった。

「んくっ、ごくっ、ごくごくっ……ぷはぁっ……はぁ、はふっ、はぁっ、はぁっ……」

そして、精液を全て飲み干したなつきは荒い息を吐く。

「たくさん飲んだね。喉の渇きはもう大丈夫？」

「は、はいっ……守沢先輩……。ななみ、『お水』いっぱい飲んで、落ち着いたみたいです……ふぅっ、はふぅ……はぅうっ……ごめんなさいですっ……ななみ、お行儀悪くて……でも、すごく喉が渇いて……はぁ、はぁっ……」

「すごい勢いで蛇口をしゃぶってたよね。出てきたあとも、イイ飲みっぷりだったし。……そんなにおいしかった？」

「は、はいっ……！　すごく、おいしかったです……！　いつも飲んでるお水と、全然違って……はぁ、あはぁっ……あ、熱くて、ドロッとしてて……でも、おいしくて……ニチャッとした感触が……ぁあっ……口の中で、固まりみたいになって……飲みこむたびに、喉に引っかかったり、舌にまとわりついたりして……はぁっ……お水なのに、不思議なゼリーみたいでしたっ……」

　ななみは夢見心地で、飲み干した精液の感想を語っていた。

「ふぅっ……んふぅっ……おいしいお水で、お腹いっぱいです……はぁっ…………ふぅ…………っ？　……ふえっ……⁉」

　そこで、ななみの口から白い靄が立ち上がって、妖魔が現れた。

「はぅうっ……！　し、しまったですっ……な、ななみ、いつの間にか妖魔にっ……は、早くっ……浄化しないとっ……あぁあっ！」

　しかし、靄状の妖魔はすでに空高く上がって逃げ去ってしまった。

「はうぅっ……に、逃げられちゃいましたぁっ……」

「ありゃ、残念だね……。俺も取り憑かれてたみたいで、なんもできなかったよ……」

　里樹は口から出まかせを言いながら、肉棒に感じるななみのフェラチオの余韻を楽しんでいた。

# 第三章 美少女退魔士の処女は全部俺のもの！

「今日も、清々しい朝ですね……っと！」

あれだけ遅刻していた里樹も、ここのところすっかり早起きになっている。

今日も美少女退魔士たちとエロエロな都市伝説を楽しめるかと思うと、自然と目が覚めるのだ。

そして、学園の廊下を歩いていると、進行方向上に携帯電話が落ちていた。

（お、来た来た……♪　今日はこの都市伝説からだったな！）

どうすればいいかわかっている人生ほど楽しいものはない。里樹は携帯電話を拾い上げると、千莉のもとへ持っていった。

「え？　落とし物？　えぇ、預かるのはかまわないけど……届け出するには、拾得したときの情報が必要よ。たとえば拾った場所だとか、時間とか……。そうだわ。拾得物届けを提出するより、落とし主に呼びかけてみたほうが早いかもしれないわね」

「呼びかけるって、どうやってするんだ？」

「校内放送で呼びかければいいんじゃないかしら。さっき横を通ったら放送委員会の子たちがいたわ。実物を映像で見せながらなら、すぐにわかるんじゃないかしら」

そう。この学園では音声だけでなく、映像も流す放送も行っていた。だからこそ、里樹は今回の都市伝説を考え出したのだ。

「……やっぱり、そうなるよな♪」

「えっ？」

「ああ、なんでもない、なんでもない！　それじゃ俺も一緒について行くよ！」

里樹は千莉と一緒に放送室へ向かうことにした。全ては、里樹が創作した都市伝説の通りの筋書なのだった。


『…………以上です。放送委員会のみなさん、ご協力いただきまして、ありがとうございました。それでは、通常放送へ戻ります』

放送を終えた千莉は、スイッチを操作しようとする。しかし、そのタイミングで白い靄状の妖魔がマイクから現れた。

「なっ……!?　あっ……！」

不意を突かれた千莉は、そのまま口から妖魔に入られてしまう。

「……ふふっ…………うふふふ……♪」

千莉は妖しく眼鏡を輝かせると、隣の席で放送を見守っていた里樹の腕を両手で掴んできた。

「ちょ、風宮さん……!?」

「なあに？　守沢くん、どうかしたの？」

「い、いや……えっと、まだ放送終わってないんじゃ……なかったかなって……ほら、電源入ったままだし……」

「あら、そうなの？　まだ終わってなかったの……それはよかったわね」

「よかったわねって、風宮さん、なんで俺を捕まえてるの？」

「なんでって、お仕置きよ。守沢くんは、悪い子だもの……」

そう言って千莉は妖艶に舌なめずりする。

(やっぱり『惑わしの書』の通りか……！　ほんと、すげぇな……！　こんな校内に映像が流れっぱなしの状態だってのに……！)

「と、とりあえず……これで終わりにしようよ。落とし物告知も終わったんだし。ね？」

あくまでも普通のリアクションをとる里樹とは対照的に、千莉はますますエスカレートしていく。

「そんなものより、守沢くん……あなたのチンポ、見せてほしいわ。ほぉら、学校のみんなに見てもらいましょう。守沢くんの無修正生チンポを」

「ちょ、ま……待って……風宮さん⁉」

千莉は抵抗するこちらにおかまいなしに、ズボンとトランクスを強引に剥ぎ取っていってしまう。

「みなさ〜ん、これが守沢里樹くんのオチンポです！　ほら……こんなに太く、硬くなって、どう見ても勃起しているわよね？　どうして勃起したのかしら？」

千莉はなじりながら、腰を浮かせて肉棒にショーツを押しつけてきた。

「下着越しでも、熱さが十分伝わってくるわよ？」

「うわっ、ぁあっ⁉　ちょ、ちょっ……！」

「嫌だなんて言わないわよね？　チンポだって、こんなに膨れているのに！」

千莉は手で肉竿を掴むと、上下にしごいてくる。

「本当に、元気なチンポよね……守沢くん？　そんなに私とオマンコしたい？」

「そ、それは……その……」

「今まで私をエロい目で見ていたくせに……指摘されたら否定するの？　バレバレなのに？　ずるいのね」

真面目なはずの千莉は、都市伝説の力ですっかり変貌してしまっていた。校内に映像が

流れているのにもかかわらず、次々と淫らな言葉を口にしていく。

「ふふっ……きっとみんな驚いているわよ？　こんな立派なオチンポを守沢くんが持っているなんてね……んぅっ……オチンポ、すごく熱くて……あぁ、あ、はぅうっ……パンツ越しにこすってるのに……ふあぁっ……オマンコ、とろけちゃいそう……はぁ、はぁ……どうなの？　本当は、こういうことをしてみたかったんでしょう？」

ショーツの割れ目に亀頭を食いこませながら、千莉は挑発してくる。

「せっかくだから、見せつけてやりましょうよ……」

「風宮さんは平気なの？　映像だけじゃなく、俺たちの話してることだって、聞かれちゃってるんだよ……？」

「ンッ……焦らしてるつもりなの？　オチンポバッキバキにして……カウパーまで垂らしておいて……んっ、うぅっ」

千莉は淫靡な笑顔を浮かべると——。

「あ、あぁっ、もう、我慢できないわっ……！　はぁ、はぁっ……守沢くん……あなたのチンポ、使わせて……ンッ……！　んんんっ！　んっはぁあっ！　あ、熱いチンポが……私の中に……ぁあっ！」

千莉は自ら下着をずらすと、肉竿を呑みこんでいった。そして、半ばまで入った辺りで、ブツッとなにかを突き破るような感覚がした。

「くうっ！　か、風宮さん……」

「ふふっ、ぁはっ、ホントは、入れたかったんでしょう？　はぁっ、はぁぁ……勃起チンポ、私のオマンコに入れたかったのよね？　はぅっ、はぁ、はぁっ……っ」

「も、もしかして、風宮さん……？　エッチするの、初めて？　破瓜の血っぽいのも見えてるし、処女じゃないの？」

「ふぅっ……ふぅ、はぅうっ！　処女かどうかなんて、関係、ないわ……ぁあ、あんっ、んはぁあ、ふあぁっ！　オチンポ、勃起オチンポを……私の、奥までっ……んんんんんッ！は、入ったわ……！　熱いオチンポが……んはぁっ、オマンコの中にっ……！」

「ほ、ホントだ……は、入っ……た……」

「ふ……ふふっ……熱いオチンポが、中で、ヒクヒクしてる……す、すごいのね、守沢くんのオチンポ、こんなに熱くて、太くて……ふぅ、はふっ……はぁ……気持ちいいわ！」

　千莉は満足げな表情を浮かべて、こちらを見下ろしてくる。その色っぽすぎる表情に、里樹はドキドキしてしまった。

（風宮さんって、こんな表情もできるんだな……まぁ、都市伝説のおかげだろうけど……でも、怒ってる顔より、こういう顔のほうがいいな……！）

「ふふっ……ねぇ、守沢くん？　今よりも、もっと気持ちよくなりたいと思わない？」

「えッ……？　ぅあっ、あぁああっ⁉」

千莉はこちらの答えを待つことなく、腰を振ってきた。

「んっ……はうっ、うぅっ！　んんっ、はあっ、オマンコの中、ゴリゴリこすってる……ぁあ……奥にも、あ、あたってるぅ……！」

「はぅっ……！　風宮、さん……ま、まずいってて……さすがに全校に俺たちのセックス生中継はっ……」

「ホントは気持ちいいくせに……ホントはもっと感じたいでしょう？　やめたくなんかないわよね？　みんなもセックスすればいいのよ……んっ、はぅっ、男子も女子も、先生たちも……んはぁ、はぁっ……みんなも、こうやって……オチンポをオマンコにしゃぶらせて……ぁはっ……いっぱい、かき回してセックスすればいいんだわ！　はぅううっ！」

妖魔の情念を口にしながら、千莉は激しく腰を動かしていく。

「ああんっ、オチンポ、いいわっ、守沢くんのデカマラ、私の奥まで届いてるっ……ああっ、生オチンポ最高っ！　はぁあっ！　み、みんなが、この映像をオカズにオナニーするのを想像したら……あぁ、ゾクゾクするわ！　それだけでイってしまいそうよ！」

逆レイプするような激しい騎乗位抽送に、徐々に里樹は追い詰められていってしまう。

「うっ……うぅっ……！　俺……出るかも……」

「ダメよ……！　まだ、あと少し……あぁ、あぁんっ！　もう少しだけ、我慢しなさいっ……んぅっ、はぅうっ！」

千莉は叱責しながら、激しく腰を振って高速ピストンを繰り出す。

「はぁ、あぁああっ！　すごいの来そう……オマンコ、痺れて……はぅ、んぅぅっ！　んはぁあっ！　はぁ、はぁあっ……！　きちゃう……い、イッちゃう……ぁ、あぁあぁっ！いっ！　いくっ……いっくぅうううううううううううううっ！」

千莉が激しい絶頂を迎えるとともに、里樹もマグマのように熱い白濁精液を噴き上げていった。

「んはぁあっ！　は、はぅうっ！　熱っ……あぁああっ！　熱い、お汁……せ、精液……ぁ、あぁああああああああっ！　奥まで……んふぅうっ！　届いてるっ……！」

千莉はブルブルと全身を痙攣させながら、

き上げる。

熱い愛液を里樹の肉棒に迸らせていった。その熱い飛沫を受けて、里樹はさらに精液を噴

「うあっあっ、すごいよ、風宮さんのオマンコ……うああ、まだ出るっ！」

膣襞全体で搾られて、里樹は何度も腰を突き出して精液を放ち続けてしまった。童貞の里樹にとって、処女膣の刺激はあまりにも強すぎたのだ。

そして、数分ほどして――。

「うっ、うぅっ……！　……は、あっ…………」

千莉の口から白い靄状の妖魔が出てきた。それを見て正気に戻った千莉は、退魔士としての自分を取り戻して、言霊を口にする。

「くッ……よ、よくもやってくれたわね……！　消え去りなさい！　滅ッ！」

気合いもろとも放たれた渾身の言霊によって、妖魔は蒸発するようにして一瞬で浄化された。

「ふぅ……ふぅ……私としたことが……油断したわね……」

「ええと……その、校内放送……大丈夫かな？　今も絶賛放送中だと思うけど……」

「えっ？　い、いやあああああああっ！　言霊で、この場をおさめなきゃっ！　……みなさん、今見たこと聞いたことは全て忘れてください！　忘れなさい！　絶対に、忘れるのっ！」

千莉は涙目で叫びながらマイクを手に取って、全校生徒及び教職員に向かって忘却のための言霊を放ちまくるのだった――。

＊　＊　＊

（ふふ、委員長の処女をゲットしたことだし、次は……ななみだなっと！）

昼休み。里樹は、今度はななみとペアを組んで妖魔退治に向かっていた。

「……それで、立川さん。今回の都市伝説ってなんだっけ？」

「あ、あのっ……今回は『恐怖の淫らな人体模型』ですっ。人体模型が、なぜかえっちい姿で女子のトイレに現れるらしいですっ……噂では、ホルマリン漬けにされちゃった動物たちの呪いじゃないかと言われてるらしいですっ……。実験室じゃなく、隣りのトイレに現れるのがちょっと不思議ですけど……」

それは、間違いなく里樹が作り出した都市伝説だった。

（よしよし……やっぱり、全ては俺の思い通りに進んでいるわけだな！）

そして、ふたりは問題の女子トイレの前にやってきた。

「うーん、俺が中に踏みこんじゃうのは、問題あるよね。だって、女子トイレだし……」

「あ、あのっ……守沢先輩っ……とりあえず、ななみが様子を見てくるですっ……ちょっと、ここで待っててくださいですっ……」

「わかった。なにかあったら教えてくれよ。大声を出せば、緊急事態ってことで俺も踏みこみやすくなるし」

「は、はいっ……！　ななみも一生懸命がんばるですっ……！　こ、これでも、ななみは退魔士ですからっ……」

ななみはひとりで女子トイレの中に入っていった。

そして、待つこと五分ほど。

突然、女子トイレの中から髪の長い見知らぬ女子学生が出てきた。

「うふっ……見ぃつけた♪」

「えっ？　え……なに？　なんで？　ていうか、誰？」

女子学生は妖艶な笑みを浮かべて里樹の手を握ると、女子とは思えないほどの力でトイレの中に引っ張りこんでしまった。

そして、女子トイレ内に広がっていた光景は――。

「うぉっ……！　こりゃ、すげぇな……！」

四人の女子が壁に手をついて、お尻をこちらに向けている。そして、どういう仕組みなのか、膣口から子宮にかけてが半透明化していて模型のように外から見ることができた。

「はぁ、んはぁあっ……せ、先輩ぃ……」

　お尻を突き出している女子の中には、退魔士姿のななみもいる。どうやら、憑依されてしまったようだ。

「うふふっ……エッチな割れ目、よぉく見えるでしょぉ？　ヒダヒダも穴も……中が、全部見えちゃうのよ……ぁはっ……♪」

　里樹を女子トイレに引っ張りこんだ女子学生も壁に手をついて、お尻を向けてくる。彼女の子宮内部構造も半透明になって同様に観察することができた。

「マジか……これって、透明標本？　いや、違うか」

「ぁはっ、んはぁっ……シースルーの生オナホだよぉ♪　たぶん、突っこんだオチンポも見えちゃうよ……♪」

「見て見て～♪　あたしの膣、デコボコ

がいっぱいで気持ちよさそうでしょ～？　うふふ、チンポ入れたら、絶対に気持ちいいよ～♪」

「んふふっ♪　あたしたち、精液採取の標本なの……オチンポほしくて、ずっとオマンコ濡らしてるの……♪　ね、オチンポちょうだい……？」

　他の女子たちも淫らなお尻を振って、里樹の肉棒をおねだりしてくる。そして、ななみも――。

「はぅぅっ……せ、先輩のおちんちん、くださいですっ……。標本におちんちん入れて、精液いっぱい出してほしいですっ……。ひょ、標本がっ……オマンコがっ……ウズウズしてるですっ……はぁあぁっ……」

　小さなお尻を振りながら、一生懸命誘惑してくる。

「ははっ、そこまで言われちゃ、協力してあげないとなっ！　えーと、どれから楽しもうかな～。よし、決めた。まずは君からっ！」

　里樹は一番近くでお尻を向けていた女子学生の膣内に肉棒を突っこんだ。

「あ、あんっ！　嬉しいっ……！　んふぅうっ！　はぅ、はふぅうっ！」

　透明の標本オマンコに挿入すると、肉竿が出し入れされる様までバッチリ観察することができた。

「おおっ、エロい！　こりゃ興奮するな！　チンポが子宮口の辺りまで届いてるのがよくわかるっ！」

　里樹は腰をガンガン振って、半透明標本オマンコを犯しまくる。

「あぁっ！　あっ、あふぅうううううううっ！　やだっ！　そんなに激しくされたら、イッちゃ……あんっ！　あぁあんっ……！」

　イキそうになって膣襞が痙攣する様子や、子宮頸管部から本気汁が出る瞬間までも観察することができる。

「おおっ！　まさに人体の神秘って感じだな！」

　そのとき、お預けを食らっているななみがせつなそうな声を出した。

「あぁっ、先輩ぃ……そんなぁ……ななみのオマンコは、ダメですかぁ……？　くぅんっ……ななみも、オマンコ、せつないですよぉ……『標本』に、精液ほしいですぅっ……」

「ゴメンね、とりあえず順番だからさ。立川さんは、もう少し待っててよ！」

「はうぅっ……意地悪ですっ……はぁ、はあぁっ……」

　お尻をもじつかせるななみを横目に、里樹は激しく腰を振っていく。

「んっ！　うっ、んひぃいっ！　ひぁ、うはぁっ！　は、激し……ぁあ、んはあぁっ！　チンポ、すごい……はぅうっ！」

　女子学生の膣襞は激しく収縮を繰り返して、肉棒から精液を搾り取ろうとしてくる。その動きを観察して、里樹は歓声を上げる。

「うあっ、すげぇエロいなっ……！　こうやって精液を搾り取るのか……って、くうぅっ、俺、もう……で、出るかもっ……！」

「う、嬉しいっ……！　あたしのオ標本マンコに、精液いっぱい出してぇっ……！　もっと、オマンコ締めるからぁ！」

「おおっ、うあぁっ！　で、出るよっ……！　ううっ！　ああああっ！」

「んぁっ！　あっ、あはぁああああああああああああああああっ！」

里樹は搾られるようにして、精液を迸らせた。当然、白濁液が子宮を満たしていく瞬間も、しっかりと観察することができた。

「あぁあああんっ！　き、きてるぅっ……！　精液っ……んはぁっ！　熱くて、濃いのっ、子宮に注ぎこまれてるぅっ！」

女子学生はアクメ顔を晒しながら、膣襞をビクビクと震わせ続けた。

「はぁ、はぁあっ……んはぁあっ……♪　ぁはっ……♪　『受精標本』でき上がりぃっ♪　次は、どぉれかなぁ？　んふっ……ぁは、ぅはぁ……♪」

これで『受精標本』を一つ完成させたものの、まだまだ順番を待つ透明標本オマンコは三つもある。

「はぅう……せ、せんぱぁい……ななみのオマンコ、見てくださいですぅっ……『標本』……中身空っぽですっ……」

ななみは膣口からお汁を垂らしながら、悩ましげに小さなお尻を振る。

「はぁ、はぁあっ……せんぱぁいっ……ななみもほしいですっ……おちんちんと、精液っ……ななみにもくださいですっ……」

涙声のおねだりに、すぐに里樹の股間は硬さを取り戻した。

「そこまでおねだりされたら、断れないな！　よーし、次はななみの番だっ……！」

「はひぃっ……！　はぁっ、いぁあああああっ……！」

里樹はななみの膣口に肉棒をねじこんでいく。

しかし、狭い膣内は濡れていてもすぐに貫通を許さない。亀頭は、処女膜にあたって、侵入を止めた。

「ああ、そうかっ……立川さんって処女なんだよな……！　ちゃんと標本にも処女膜はあるわけだ……。立川さん、ちょっと、力、抜いて……」

「は……はひっ……はうっ……はぁっ、はぁあっ……おちんちん……は、入ってるですっ……はぅ、んふぅうっ……」

「くっ……まだ、半分ぐらいだよ？」

「はぅ、はふぅうっ……！　半分だけでも、すごく気持ちいいですっ……んぅっ！　で、でもぉ……先輩っ……はぁ、はぁっ……全部、入れちゃってください……思いきり、しちゃってくださいっ……ななみは、んはぁ、平気ですからぁっ……はうぅっ、おちんちん、くださいっ……おちんちん入れて、ななみにも………精液、出してほしいですぅっ！」

一生懸命におねだりしてくるななみに、里樹は応えることにした。両手でななみのお尻を掴んで割り開くと、腰を一気に突きこんだのだ。

「んぎぃっ！　いぁ、あっ……ふぅうっ！　あ、あぁ……！　お、お、おちんちんっ……おくまでぇっ……！　んはぁ……！　先輩、せんぱぁいっ……ぁ、あぅうっ！　はぅうっ！すごくっ、あ、あっついですぅっ……んぅうっ！」

透明標本オマンコの処女膜は、しっかりと肉棒によって貫かれた。破瓜の血が結合部のほうにまで垂れていく。

（おおおおっ……！　これが、処女喪失の瞬間……！　まさしく、破瓜って感じだな！マジで感動もんだな、これは！）

里樹は感動と興奮がない交ぜになった感情で、腰を使い始めた。

「んぅうっ、んふぅっ！　やっぱり、っあ、熱いっ……！　おちんちん、こすれるのと、ビクビクしてるのと……んぁ……あぅっ！　はぅうっ！　す、少し、痛いけど、気持ちいいですぅっ……！　んふぅっ！　ななみ、変態じゃないのにぃ……はぅ、はふぅっ！」

「くうっ……ごめんね、立川さん。処女喪失したばかりだと痛いよね？　でも俺、我慢とか手加減できなくてっ……狭くてキックて腰止まらないっ……！」

「ひっ、ひぁっ……んはぁっ！　だ、大丈夫ですっ……せ、先輩が、気持ちいいならっ

……ななみは、それで……はぅ、んくうぅっ……！　ああっ、おちんちん、奥までズンズンって、きてますぅっ……！」

狭い膣道を巨大な肉棒が押し拡げていく様を目に焼きつけながら、里樹は抽送を激しくしていく。

「くううっ、だんだん俺のチンポに馴染んできたよ、立川さんのオマンコッ！　愛液もいっぱい出てきたし！　ああっ、狭くてこすれて気持ちよすぎるっ！　立川さんのオマンコ最高だっ……！　俺っ、そろそろ……」

「ふぁっ、うぁ……精液、く、くださぁいっ……ふぁあぁっ！　ななみのオマンコにも……いっぱい、おちんちんからっ……ふぅうぅ、はふううぅっ！　な、ななみもっ……い、イキそうですっ……んぁ、あぁあっ！　はぅ……先輩っ……！」

小さな膣道が痙攣と収縮を繰り返して懸命に精液を搾ろうとしている。

「うああっ！　出すよ、立川さんっ……ううう！」

その動きに興奮が最高潮に達して、里樹は熱い精液を放った。

「はぅううぅっ……！　はぁ、んはぁあっ！　精液、おちんちんからいっぱい……んはぁ……お腹に、たくさん……出てますぅっ……！」

たちまち膣内と子宮は大量の精液で満たされてしまった。

しかし、それで終わりではなかった。

ななみは、ブルルッと全身を震わせると、尿道から健康的な色のおしっこを迸らせ始めたのだ。

「ふぁあっ……!? はぅっ、んふぅうっ！ あ、あぁ……やあぁ……お、おしっこ漏れてる……？ や、あぁあっ……ふぁあ、まだ、出ちゃう……んはぁ、やあぁぁっ……！」

ななみは驚き、恥じらいながらも、なすすべもなく放尿をし続けてしまう。

「ははは、そんなに気持ちよかったの？」

「んはぁ……はぁ……ぁ、あふぅうっ……は、恥ずかしいですぅ……はぅぅぅ……」

しかし、いつまでもななみの放尿を観察するわけにもいかない。

「ああん、私たちにも精液ちょうだいぃ……♪」

「そうよぉ、あたしの標本もウズウズしてるんだからぁ～♪」

まだまだ精液を注いでもらっていない女子学生が甘ったるい声で誘惑してくるのだ。この都市伝説を終わらせるためには全員のオマンコに精液を注がないといけない。

「よぉし……！ それじゃ、残りのオマンコもしっかり『受精標本』にするか！」

里樹は再び肉棒を硬くすると、残りの女子学生たちの膣にも挿入して、しっかりと精液を注入するのだった。

「ふぅっ……すげぇ気持ちよかった……」

　無事、全員の『受精標本』を完成させた里樹は満足げなため息を吐いていた。

　そこで、ようやくななみは正気に戻る。

「はぅぅっ……ぅ……。はっ……!?　あ、あれっ……？　よ、妖魔っ……！　妖魔はどこですかっ……？」

　そして、女子トイレ内の状況を見て軽くパニック状態になる。

「ふぇ？　あ、あぁあっ……！　女子のお尻が……こんなにいっぱい……！　ひぁっ、あぁあっ……いったい、どうなってるですかっ……？」

　そのとき、最初に里樹を女子トイレに引っ張りこんだ女子学生のオマンコから白い靄状の妖魔が浮かび出てきた。

「おっ、出たな！　こっちだ！　妖魔！」

　里樹はななみに怪しまれないように、囮役としての本来の役目を果たす。そして、里樹が妖魔をおびき寄せる姿を見て、ななみも退魔士としての自分の使命を思い出す。

「か、守沢先輩、ありがとうございますっ！　あとは、ななみの霊瞳でっ……！　はぅぅうっ！　破ぁあああああ……っ！」

　ななみはお尻丸出しで精液を割れ目から垂らしながらも、瞳からまばゆいばかりの光を発して妖魔を浄化していった。

「よし、これで一件落着かな！」

「あ、あのっ……浄化はしたですけどっ、ななみの役目はまだ終わりじゃないですっ……この秘薬で、みんなの記憶から都市伝説のことを消してしまうですっ……」

ななみは懐から、小瓶に入った水色の液体を取り出してトイレの床に振りまいた。すると、室内は爽やかな香りに包まれる。

「えっ？　これって……消臭剤とか芳香剤とかじゃないの？」

「ひ、秘薬ですっ……。ザックリ説明すると、ものすごく強力なアロマテラピー的なモノだと思ってくださいですっ……。みんな、目を覚ませばさっきのことは忘れちゃいますっ。もしも思い出しても、夢にしか感じませんですっ」

（なるほど。つまり……言霊の代わりに、この秘薬を使うってことか。これなら千莉がいなくても、アフターケアはバッチリなんだな）

感心しながら、里樹はななみと一緒に女子トイレをあとにした。

「あ、あのっ……守沢先輩、浄化のお手伝い、ありがとうございますでしたっ……」

ななみは処女を奪った相手である里樹に対して、感謝の言葉を口にしてくる。

「いや、俺は囮役ってことで待機してただけだし……たいしたことはしてないというか」

「でも、ななみひとりだったら、ちょっと危なかったかもしれないと思うですっ……。妖魔が現れたあと、うまく動けなかったんじゃないかなって……自信ないですっ……」

そして、少しの沈黙のあと……。

「はぅぅ……ななみ……その……えっちいこと、しちゃいましたよね……先輩と」

「あー、そ、それは……うん、都市伝説だし、多少はね？　浄化のためには、犠牲はつきものだよな？」

「は、はぃ……そ、そうですよねっ……そうなんですけど……で、でも……思い出すと、すごく恥ずかしいですっ……はぅぅぅ……」

ななみは恥ずかしがってはいるものの、嫌がってはいないようだった。

最初に出会ったときは怯えられたり警戒されたりするだけだったが、一緒に妖魔退治をこなすことで好感度も上がっていっているようだった。

（まぁ、なにはともあれこれでふたり目の処女をゲットしたわけだ。あとは……綾香だな）

里樹は次に起こる都市伝説を思い出しながら、早くも肉棒を硬くしていた。

＊　＊　＊

（さ～て……今日の仕上げは綾香とセックスすることだが……うまくいくかな……）

放課後。里樹と綾香は、電車に乗っていた。

女の乗客が、男の乗客をいきなり逆レイプし始めるという『痴女電車』の都市伝説を解決するためだ。今回は、里樹が選ぶまでもなく綾香からペアに指名されていた。

「ええと、逆レイプ……でしたっけ？　ホントに起こるんですかね？」

内心、期待でいっぱいではあるものの里樹はそれを態度には出さず、真面目な顔で綾香に尋ねる。

「ああ。妖魔浄化のためには、起こってもらわなければ困るな。もちろん、被害は最小限に食い止めるつもりだが」

綾香は落ち着き払った表情で、車内の状況を見守っていた。そのクールな横顔を見ていると、里樹の胸は高鳴るばかりだった。

（これから学園一の美少女の綾香とセックスできると思うと、興奮してくるな……！）

そんなことを思っているうちに、だんだんと意識が遠のいていく。

（あ、あれ……？　揺れにあわせて、急に眠気が……）

そして、里樹は電車の床に崩れ落ちるようにして気を失ってしまった。


「う、うーん……ここは？」

「気がついたか？　里樹……よかった、目が覚めて」

目が覚めると、なぜか綾香がこちらの腰の上にまたがっていた。

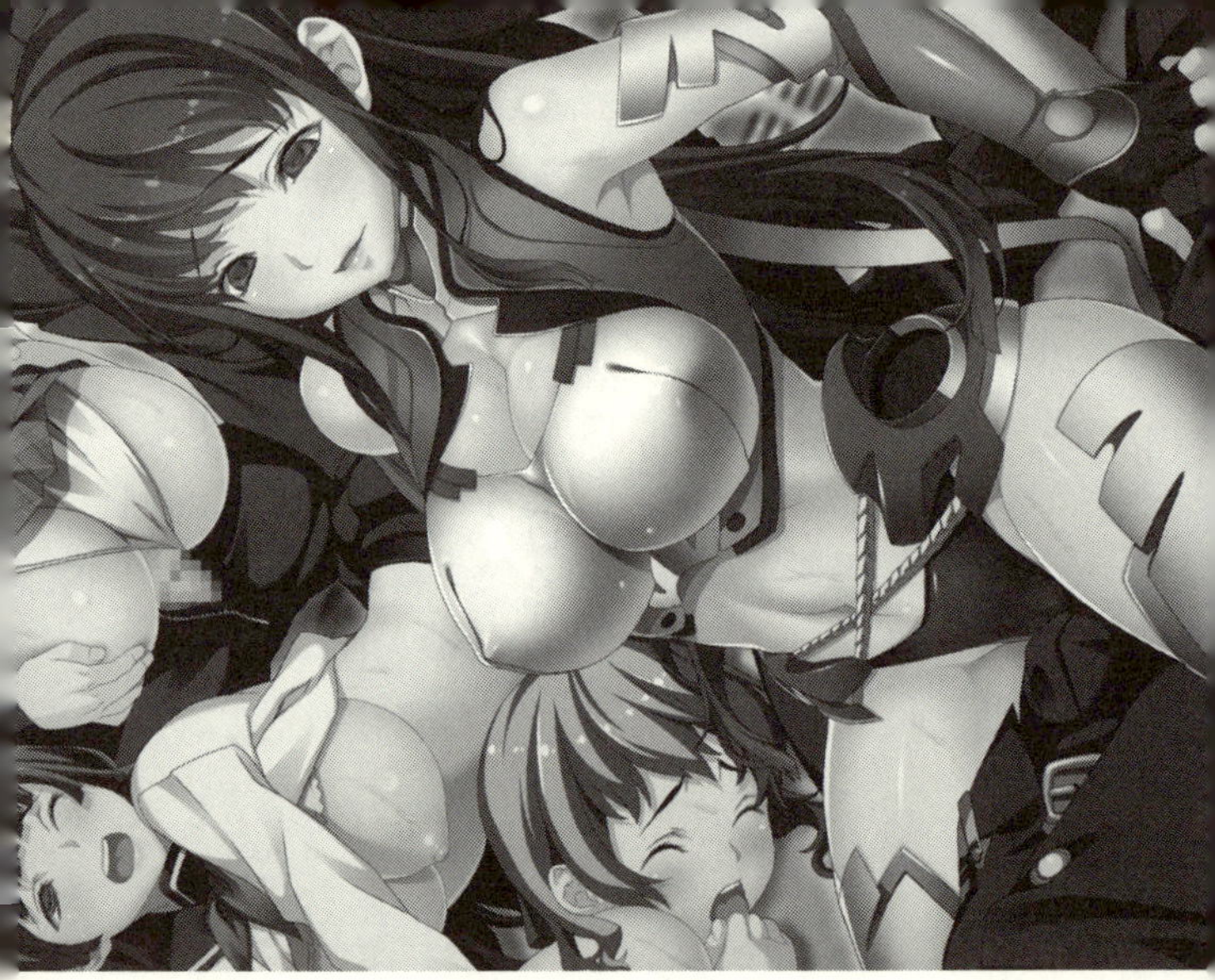

「心配したぞ。もしキミが眠ったままだったら……私はひとりで寂しく自慰をしなければならないところだったのだからな」

「えっ⁉　じ、自慰⁉　ひとりで寂しく……？　はっ？　えっ？」

「乗客は、もうパートナーを決めてしまったらしい。私がキミを介抱している間にな」

そこで、里樹は周りの乗客たちが激しくセックスをしていることに気がついた。いずれも女性が主導権を握って、男たちを騎乗位で犯している。

「ふふっ、ほら……里樹。もう、みんな性交を始めているだろう？　早々に相手を捕まえて、楽しんでいるんだ」

「車内みんなが、乱交状態なのか……」

「乱交ではないぞ。みんな相手をちゃんと決めているんだから。……ほら、私もこうしてキミに……んっ、はぅうっ……」

綾香もすっかり憑依状態に陥っているようだ。顔を赤くして、発情したように股を押しつけてくる。そこはすでに、熱く湿っていた。

「はぁっ、はぁっ……実に、恥ずかしいのだが……私は、キミとしたくてたまらないんだ……身体が、股間が疼いてたまらない……だから、キミの勃起した陰茎で、鎮めてくれるとありがたい」

綾香は声を上ずらせながら、肉棒を求めてくる。そんなふうに迫られては、里樹の肉棒も反応してきてしまう。

「ふふっ……嬉しいよ、里樹。キミも、私の女性器で欲情してくれているんだな……」

綾香の妖艶な笑みに、里樹はもう我慢できなくなった。完全に勃起した肉棒を、そのまま膣内へ挿入していく。

「はぁっ……！　はぅっ……！　んぅうっ！　ふぅ、ふうぅっ……思っていたより、はぅっ……陰茎は熱いものだな……あ、あふぅっ……！」

綾香の膣内は処女であることを証明するようにキツかった。

「うぐっ！　す、すごく、締まる……押し出されそう……ていうか……は、入るのか……これ？　うぅうっ！」

「はぁ、はぁっ、あ……はぅうっ……！　ふふ、大丈夫だ……必ず、入るはずだ……女性器はそういう構造になっているのだからな……はぅ、んぅっ……はぁ、あぅうっ！　熱い陰茎を……この奥に……ふぅ、はぅうっ……！」

綾香は自ら腰を下ろして、肉棒を徐々に呑みこんでいく。

「ふぅ、ふぅ、ふぅうっ……あぁ……ぁんっ……は、入ってきてる……中に、少しずつ……ぅあ、あっ……！　はぁっ……あと、少し……もう少しで、はふ……んぅうっ！」

そして、処女膜を突き破るような感触とともに、肉竿が奥まで入りこんだ。ややあって、結合部に破瓜の血がうっすらと滲んできた。

「これって……綾香は、俺が初めて……？」

『透明人間化』のときに確認しているものの、里樹はあえて尋ねた。

「あぁ、そうだな。性交をしたのは、今日が初めてだ。ふふっ……」

そう言って笑う綾香は、いつにも増して美しかった。こんなに綺麗な美少女の処女を奪えたことに、里樹は感動していた。

「これが……ぁあ、綾香の、オマンコ……」

「ふ、はふうっ……その通りだ。私のオマンコに、キミのチンポが、見事に収まったぞ……はぁ、はぁっ……ふふ、里樹……はぁ、はぁあっ……みんなに遅れてしまっているからな……性交の、続きをしよう……んっ、んぅっ……はぅうっ……」

綾香は里樹にあわせて淫らな名称を口にして、円を描くように、腰を動かし始めた。

「はぁあっ、中で、チンポがこすれて……はぅっ、ゾクゾク、する……これが、セックスなのだな……んっ、はあぁっ！　里樹、気持ちいいかい？　チンポが、前より硬直してきているようだが……ふっ、はふっ」

「き、気持ちいいけど……俺は、なにもしなくていいの？」

「はぁっ、ふっ、はふぅっ……気にするな。キミの立派なチンポが味わえたら、私は、それで……んぅうっ！　満足だっ……はう……っ！　あぁ、んはぁっ！　……オナニーでは、これほどの快感は……き、きっと、えられない……んぁっ、あ……あぅうっ！」

綾香はますます腰の動きを激しくして、肉棒の抜き差しを繰り返していく。『痴女電車』の都市伝説通りに、処女喪失直後であっても逆レイプをしてくるのだ。

「は、初めてなのに飛ばしすぎじゃない？　大丈夫？」

「ふふ、初めてだから、張りきるんじゃないか……ふぅ、はあっ……あ、んあっ……キミと、セックスしたいから……」

「俺が余ってたからじゃなくて？」

「何度も言わせるな……キミだから、キミのチンポだから……私はっ……！　ぁ、あぁんっ！　はぁ、あはぁあっ……里樹じゃなきゃ……こんなことは、頼まない……。こんな立派なチンポなのだから、もっと、自信を持つんだっ……んぅあっ、あぅっ……！」

綾香は顔を赤らめると、照れ隠しをするようにますます激しく腰を使い始めた。愛液の量が増えたことで、抽送はどんどんスムーズになっていく。

「ふぅ、ふぅうっ、んふぅっ……！　ぁあ、動くたびに、チンポが子宮の奥まで、コッツ届いて……ふぁあっ！　あぁっ、も、もっと……ぁあ、もっと奥にっ……はぅ、はぅうっ！　んっ……くぅうっ……ああっ……里樹のチンポ、いいぞっ……！　とてもっ！」

綾香に騎乗位で激しく犯されて、肉棒に次々と快楽が襲いかかってくる。それとともに、下腹部から射精欲求がこみ上げてくる。

「うくっ……綾香……もしも、俺がイキそうだったら、どうする？」

「ん……？　イキそうなのかい？　私はいつでもかまわない……もしも、一緒にイケるのなら嬉しいが……んくっ！　はぁっ……」

綾香は頬を上気させながら、肉竿を膣内で締めつけてくる。それはまるで、精液を催促するかのような動きだった。

「くっ、それ、やばい……！　うああっ、出そうっ……！」

「ッ……！　はぅうっ！　ぁ、あぁっ……わ、私も、イキそうだ……もう、オマンコに……限界が……い、イク……！　あぁ、もう、本当にっ……ぃ、いくぞっ……！」

綾香はラストスパートとばかりに、腰を滅茶苦茶に動かしてくる。

「ううっ、ああああっ！　出るうっ！」

「んはぁあっ‼　ふぁっ……！　い、くっ……！　はぅうううううっ！」

頭が真っ白になるような快楽とともに、里樹は精液を放った。

「あ、熱っ……はぅうっ！　はぁ、はぁっ……はぅうっ！　っ！　あぁあああっ！　これが、精液なのだな……ぁあ、熱いっ……！　奥に、流れて……んぅうっ、はあぁっ……」

綾香はいつもの凛とした姿からは想像できないぐらいに色っぽい表情を浮かべて、初めての中出し射精を受け入れ続けていた。

そして、里樹が全ての精液を注ぎこんだところで──。

「…………はっ⁉　し、しまった……！」

絶頂が収まるとともに、綾香は正気を取り戻した。

勢いよく立ち上がって肉竿を引き抜くと、乗客たちの結合部から次々と浮かび出てきた白い靄状の妖魔に対処する。

「……くっ、……これほどの妖魔が潜んでいたのか……！　私としたことが、不覚だった……還れ！　妖魔どもめっ……浄炎っ！」

綾香は割れ目から精液と愛液と破瓜の血を垂らしながらも、車内の全ての妖魔をまとめて浄化した。

「すごい……たったひとりで、あっという間に……」

「……不覚を取ったが、結果オーライと言ったところだな。あとはこの秘薬を使って乗客の記憶を消せばオーケーだ」

「それって……俺も含まれたりするんですか？」

「大丈夫。退魔士と縁のある者の記憶はそのままだ……。……その……それに、里樹には、忘れてもらっては困るからな……」

「えっ、今なんて言いました？」

「いや、なんでもない。それでは、次の駅で降りようか」

綾香は顔を赤くしながら、事後処理のためにティッシュを取り出した。

（ティッシュで割れ目を拭いてる姿ってすげぇエロいな……）

「どうした、里樹。ティッシュがないのなら、私のを貸すが……」

「あ、大丈夫です。ありますっ……」

里樹は亀頭にこびりついた精液と愛液と破瓜の血が混ざった液体をティッシュでぬぐいながら、改めて綾香の処女をゲットしたことを感じていた。

（本当に『惑わしの書』には感謝してもしきれないな……これで美少女退魔士三人の処女を全部いただいちゃったんだから……へへ、明日からも楽しみだ！）

里樹はこれまでにない幸福感を覚えながら、都市伝説の現場となった電車を降りるのだった。

# 第四章　高飛車な金髪退魔士も都市伝説でエロエロ！

授業が終わり、里樹は部室へ向かうべく廊下を歩いていた。すると、向こうからいかにも高飛車なお嬢様といった感じの金髪美少女がやってきた。髪は腰の辺りまであって、水色のカチューシャをつけている。

「ちょっと、そこのアナタ？　『都市伝説研究部』だとかいうふざけたところに案内してくださらない？」

「ど、どちら様ですか？」

「ワタシはシャノン・フルフォード。都市伝説研究部に、アヤカがいると聞いてきたのよ。ワタシはアヤカに用があるの」

「え？　ウチの部長と知りあいなんですか？　あ、俺、守沢里樹って言います。俺も部のメンバーなんですよ。最近入ったばかりですけど」

「そう……アナタも、都市伝説研究部なの。そうなの」

そう言うシャノンは、どこか見下したような目で見てきた。相当な美人なのだが、態度はあまりよくない。

「よ、よかったら案内しますよ。俺も部活に行こうと思ってたところなんで」

「そう。それではお願いするわ」

まるで資産家のお嬢様を案内する下僕のような気持ちになりながら、里樹は部室へと向かった。


「……ウチの部にお客さんなんですけど」

「探したわよ、アヤカ！　お久しぶりね！」

事情を話す前に、勝手にシャノンは部室に入っていった。

「シャノンじゃないか！　キミが学園に編入してくるという話は、以前上から聞いていた。キミが入部してくれるとは、実に心強いよ」

綾香は相好を崩して、シャノンを迎える。

しかし、シャノンは友好的というわけではなかった。

「入部ですって？　ワタシはアナタと馴れあう気はないと言ったはずよ。アヤカ！」

「えーと……シャノンさんでしたっけ？　この部活と、っていうか、綾香たちとはどんな関係なんですか？」

「アナタ、リキとか言ったわね。もしかして、アナタも退魔士なの？　霊力も根性もなさそうだし、とてもそうとは思えないのだけど」

おずおずと尋ねてみたものの、シャノンからは手厳しい評価が返ってきただけだった。

「ふむ。シャノンは里樹と会うのは初めてだったな。彼は最近入部した新人だ。あいにく退魔士としての力はないのだが、妖魔を惹きつける力を持っている。里樹、改めて紹介しよう。シャノンは、私たちと同じく退魔士だ。生まれは海外だが退魔士の鍛錬のために来日して、数年前までは私や千莉と一緒に退魔の仕事をしていた。最近は海外のあらゆる都市伝説に対処していたんだ」

「そうなんですか……。外国にも退魔士っているんですね。日本にしかいないのかと思ってた……」

「当たり前でしょう？　もっとも、世界を飛び回るほどのエリートはほんの一握りですけどね」

「フルフォードさんには、私も何度か助けていただいたことがあるわ。しばらく日本を離れると聞いていたけど、まさかこの学園に来るなんて」

「はぅっ……シャノンさんは、ななみみたいな見習いには、なかなか会えない人ですっ……お姉様たちがいたから、こうしてお会いできてるですねっ……」

「ななみ、シャノンとなら、これから毎日会えると思うぞ。口は悪いが、根は素直でいいヤツだ。今後のためにも、いろいろ教えてもらうといい」

「やめて、アヤカ！　まるで幼なじみたいに言わないで！　アヤカとワタシはお友達なんかじゃないのよ。退魔士としての宿命を背負った、永遠のライバルなのよ！」

シャノンは、かなり面倒臭そうな性格のようだった。それでも綾香はそんな彼女に慣れているのか、いつもと変わらない余裕ある態度で接する。

「キミと敵対するつもりはないよ。むしろ私は、シャノンとは友好な関係を築いておきたいんだがね」

「馴れあいは無用よ、アヤカ！　今度こそ、決着をつけましょう！　ワタシとアナタ……いったいどちらが退魔士として上なのか！」

血気盛んなシャノンと、どこまでもクールな綾香。実に対照的な存在だ。

と、そこで――。

「あ、あのっ……盛り上がっているところ悪いですけどっ……もうすぐ、都市伝説が起きる気がするですっ……」

いつものように妖魔出現を感知するななみの霊瞳が働いた。

「シャノン。決着云々はとりあえず置いておこう。妖魔の浄化には、もちろんキミにも協力してもらうぞ」

「望むところよ、アヤカ！　浄化くらいわけもないわ！　アナタより……いいえ、誰よりもいち早く解決してみせましょう！」

「そうと決まれば、早く現場に向かおうか。里樹、キミは誰と組みたい？」

「えっ⁉　俺、ですか……⁉」

急に話を振られて、里樹は驚いた。

(急に誰を選べって言われてもな……まさか、シャノンを選ぶわけにはいかないし。……いや、待てよ……。ここはチャンスじゃないか？　次に起こる都市伝説は、たぶん……アレだ。なら……シャノンと組めばバッチリじゃないか……！)

性格に難はあるシャノンだが、その美貌は群を抜いている。それに、スタイルは異国を感じさせるナイスバディだった。

「じゃ、じゃあ、シャノン……さん？　お願いしてもいいですか」

ダメもとで指名してみると、シャノンは一瞬、イヤそうな顔をした。しかし、すぐにその表情は不敵な笑みに変わった。

「フッ……。それはつまり……アヤカではあてにならないと言いたいわけね？　しかたがないわね。アナタにも、このワタシの実力を見せつけてあげるわ！」

勝手な解釈をしてくれたおかげで、里樹はシャノンに同行することができた。

現場の空き教室に移動中、退魔士姿のシャノンが尋ねてきた。

「ところで、どういう話なの？　その、都市伝説とかいうものは」

「えぇっと……それは、『デカパイの呪い』っていう話で……突然身体が膨らんで、興奮状態になる噂で……」

「は？　『デカパイ』？　くだらないわね！　いかにも僻みから産まれたみたいな馬鹿話じゃないの。アナタたちが追っている都市伝説って、そんなものばかりなの？」

　シャノンは歩いているだけでもゆっさゆっさと揺れる巨乳の持ち主だった。だからこそ、今回の都市伝説に里樹は彼女を選んだのだ。

（口は悪いけどおっぱいはでかいからな……しっかり楽しませてもらおう）

　そして、ふたりは目的の空き教室に入った。

「くだらないわね。さっさと浄化を終わらせて帰るわよ。いいわね、リキ」

「そういえば、シャノンさんには霊瞳的な能力ってないんですか？」

「悪いけど、ワタシは超一流なの。サポートは他の仲間に任せることにしているわ。単独行動するときには、代用の術具があれば十分よ。いい？　ワタシの力は、妖魔以外にも効力があるのよ。それを使いこなすために、血の滲むような努力を重ねてきたの。それを、デカパイの呪いなんて低俗なものに――」

　話に夢中になっていたことで、シャノンの注意は散漫になっていた。

「あ……そこの影、なんかいませんか？」

「ちょっ、早く言いなさいよ！　え、どこなのっ？　あっ……!?」

しかし、里樹が示した方向とは別のところから妖魔が現れてシャノンの口に入りこんでいった。

里樹はわざと関係ない場所を指差すことで、妖魔がシャノンに憑依するのを助けたのだ。

(よし、これでいっちょう上がり。わりと隙だらけだったな……)

そう思っている間にも、シャノンの瞳は虚ろなものに変わる。

「……ふ、ふふっ……リキのチンポ……こんなに大きいなんて……生意気なのね」

すっかり憑かれたシャノンは、里樹を押し倒してズボンから肉棒を取り出し始めた。

「さあ、観念しなさい、リキ！　ワタシの優秀さを知らしめてやるわ！」

シャノンはコスチュームをはだけさせると、谷間に肉竿を挟んでいく。

「うわっ……す、すごいやわらかい……！　それに、すごい圧迫感だ……やっぱり、外国人のおっぱいってでかいな……!!」

「ふふっ、当たり前じゃない。ワタシの胸をアヤカたちと一緒にしないでほしいわね」

シャノンは余裕の笑みを浮かべながら、ゆっさゆっさと胸を揺らして肉竿をマッサージしていく。

「うあっ、ああっ、すごい……！」

乳肉で蹂躙される初めての感触に、里樹は圧倒されていた。

「ふふっ……この太さ、この硬さ……悪くないわね！　このデカチン、途中で萎れさせたりしないでね？　やるからには、ワタシも本気でやらせてもらうから！」

シャノンは大きな瞳をギラギラさせながら、両手で胸を持ち上げて激しく肉竿をこすり上げる。

「う、うぁっ⁉　ちょ……はぅうっ！」

「待ったはナシよ、リキ！　さぁ、このワタシのオッパイオマンコ、たっぷりと味わいなさい！　んっ、んぅうっ……！　ほぉら……こうして中に収めて……こすって……また、強く挟んで……！　ふふっ……オマンコに犯されてる気分になってきた？　チンポから、先走りのおツユも出てきているみたいね？」

シャノンは全身を激しく動かしながら、挑発的な言動を繰り返す。

「どうかしら？　気持ちいい？　リキ？」

「はぅっ、うぅっ……！　すごく、い、いいです……！」

情けないと思いながらも、里樹は素直に感想を口にしてしまった。

「ふふ、すぐイッちゃうのかと思っていたけど、意外と保つのね？　がんばるじゃない。少しは見直したわ。それじゃあ、もっとしてあげる……いったい、どこまで保つかしら？　んっ、ふぅ……先走りがまた増えてきた……はぁ、はぁっ……お漏らししてるの？　もう出ちゃいそうなのかしら？」

亀頭を乳肉で舐めしゃぶるように動かされて、里樹は腰を不規則に痙攣させる。

「あら？　返事もないの？　このワタシの胸オマンコ、堪能してくれているのかしら？

それとも、もう腰砕け？」

「い、いやっ……！　ま、まだまだ……はぅっ！」

「そう、がんばるのね。やるじゃない！　それじゃ……これはどうかしら？　んっ……ん……はぅ、れろぉおっ……はふっ……」

シャノンは見せつけるように唇から透明な唾液を滴らせた。それはたちまち肉竿と谷間にこぼれ落ちて、妖しく光らせる。

「シャノンさん……はぅっ！　んうぅっ……」

「らめ……そのまま、動かないで……はぁ、ぷはぁっ……ちゅぱっ、ンッ、んふうぅっ……はぁっ、はぁ……これで、またヌルヌルになったわね。ふっ……ふふっ……チンポ汁と唾液でネトネトよ……ふふっ……このまま、強くこすってあげる……はぁ……はぁうっ」

シャノンは自身の行為に興奮したように息を荒らげながら、パイズリの速度を上げていく。

ヌチュヌチュといういやらしい音が鼓膜を揺さぶり、里樹の射精感は急激にこみ上げていった。

「ふふっ……気持ちよさそうね？　チンポもキンタマも、熱くなって、ビクビクしてる

わ……んぅっ、はぅっ！　本当に、元気のいいチンポ……生意気で、しぶとくて……ぁあっ、あんっ……」

唾液とカウパー液によって、まるで谷間は膣内のように熱くヌルヌルしていた。その気持ちよさに、里樹は限界を迎えてしまう。

「ご、ゴメン……だ、だめだ……も、もう……」

「はぁ、はぁっ……イキそうなの？　いつでもいいわよ？　ワタシのオッパイオマンコで、イッてしまうといいわ」

シャノンは瞳を妖しく光らせると、追い詰めるようにパイズリを激しくする。

「うわあああぁっ！」

ふたつの乳房で滅茶苦茶に犯されて、里樹は精液を噴き出した。

「ぁあんっ！　あっ……あつぅっ……！　うぷっ……ゃあんっ、口にも入っちゃう……んぅうっ！　はぅうっ！　っ……んぅっ！　ぁぁんっ！　はぅ、あふぅうっ！」

白濁液はシャノンの胸のみならず、白い肌や金髪にも付着していく。

「はぁ、はぁあっ……すごいニオイ……色も濃くて、ベトベトね……ふぅっ、んふぅっ……ふぅ、ふぅっ……意外と保ちもいいし、太くて丈夫で、硬いし……アナタ、本当に、イイモノ持っているわよ、リキ」

シャノンは気怠い息を吐きながら、金髪についた精液を指で掬って舐めた。

そこで、シャノンの表情が正気に戻った。

「……くっ⁉　油断したわ！　雑魚妖魔相手になんていうことなの！」

シャノンはおっぱい丸出しのまま立ち上がると、自分の胸の谷間から逃げ出していく白い靄状の妖魔に向けて手のひらを向けた。

「くらいなさい！　紅雷《スカーレット・ライトニング》！」

シャノンの放出した浄化の雷撃は妖魔どころか、里樹をも吹っ飛ばしていた。

「うっわぁあああああああああっ⁉」

「あら……。ごめんなさい。咄嗟に放ったせいで、ちょっと加減を間違えたみたいね。大丈夫？」

幸いにも、擦り傷と打ち身程度ですんだらしい。身体は痛むものの、手足はしっかりと動いてくれた。

「できれば医務室に連れて行きたいけど……ワタシ、留学したばかりだから、医務室の場所がわからないのよね」

「い、いや……大丈夫。自分で行けるし、気にしないで……」

「そう？　それならいいけど。リキ、もしも次にアナタと組むことがあれば、もっといい働きをして見せてね。今日のことはワタシの油断が招いたことだから、忘れてあげるわ」

文化の違いなのか、性行為をしたというのにシャノンはあっけらかんとしていた。

（まぁ、綾香たちもだけど退魔士って性についてオープンなところがあるよな……おかげで、あとぐされなく楽しめてるわけだけど）

そんなことを思いながら、里樹はふらつきながら医務室へ向かうのだった。

＊　＊　＊

翌日の昼休み。午後から起こる都市伝説に対処するペアを選ぶ段階で、シャノンから言われた。

「リキ、今回もワタシと組みなさい」

「えっ？　シャノンさんと？」

「アナタが一番弱いのだから、一番強いワタシが組むのが合理的でしょう？」

そう言うシャノンは自信に満ち溢れていた。どうやら昨日の失敗は、特に気にしていないらしい。

（まぁ、そうだな……。せっかくだから、ここはシャノンとセックスするか……！）

これから起こるのは『プールの怪』。ナイスバディなシャノンには、まさに打ってつけの都市伝説だ。

「でも、俺、シャノンさんとは別クラスですけど。その辺りは大丈夫なんですか？」

「それについてはノープロブレム！　すでに手を回してあるわ。ワタシたち退魔士は学園の理事長とも密接に関わっているのだから」

そう言って、シャノンは胸を反らした。

というわけで、里樹のクラスのプールの授業に特例でシャノンは参加することになった。

なお、千莉は別の都市伝説解決のために欠席している。

「さあ、リキ！　ワタシがここまでお膳立てしてあげたんだから、ワタシをサポートするためにがんばりなさい！　活躍を期待しているわよ！」

水着姿のシャノンはやる気に満ち溢れている。

（ピッチリとした水着に包まれたプリンプリンでムッチムチのエロい身体……！　それが、これからエロい都市伝説に巻きこまれちゃうんだよなぁ……。まぁ、俺が楽しませてもらうんだけどさ！）

その間にも授業は進行して、学生たちはプールの中に入っていく。

やがて、異変が起こり始めた。

「きゃぁぁっ⁉　水の中っ……な、なにかいる……⁉」

プールに入っている女子たちから次々と悲鳴が上がる。

「くっ……！　水中からですって!?　ああもうリキ！　早くデコイになりなさい！　それがアナタの仕事でしょう……きゃぁっ!?」

他の女子同様にプールに一緒に入っていたシャノンは、水中から飛び出してきた白い靄状の妖魔に憑依されてしまった。

「あ、シャノンさん、大丈夫っ!?」

里樹は気づかう素振りを見せながらプールに入って、シャノンに近づく。

「ふふ……来たわね、リキ……」

シャノンはとろんとした表情になると、水着越しに大きなヒップを里樹の股間に押しつけてきた。

「はぁ、はぁっ……あ、あんっ……リキ……あぁっ……熱いわね……水着越しなのに……熱すぎて、直に触れているみたい……チンポの太さまで、伝わっちゃうわ……」

シャノンは熱を帯びた割れ目を水着越しにこすりつけながら、誘惑してくる。

「ふふっ……リキ、アナタもあんなふうにエッチしたいの？」

周りでは学生たちがそれぞれ水着姿でセックスを始めていた。

「こんなにエロい身体を押しつけられて、なにもしないでいられると思います？」

里樹が尋ねると、シャノンは妖艶に微笑んだ。

「うふふっ……♪　ワタシのオマンコに、早くチンポを入れたくてウズウズしているの

ね……？　ふふっ、んふふっ……♪」

　興奮した里樹は水着をずらして、シャノンの胸を揉みしだき始めた。

「あっ、あぁんっ！　ふぁ、あぅううっ！　つ、爪は立てないでよ……んくっ、うぅ……んふぅっ！　ぁあんっ、あ……摘まんじゃダメ……」

　張りのある巨乳と、ぷっくりと膨らんだ乳首を里樹は思うさま楽しんでいく。

「んはぁ、はぁ、あはぁっ！　や、やるじゃない……はぅうっ、うくっ……あぁ、気持ちいいっ……そんなにされたら、はふっ……力、ぁあ……抜けちゃう……んぅうっ！」

　胸を責められてシャノンは熱い吐息を漏らして感じる。

「そろそろチンポがほしくなってきたん

じゃないですか？」

「ふっ、ふふっ……本当は、自分が入れたいくせに……いいわ、来なさい、リキ」

「それじゃ、遠慮なく！」

　里樹は水着の股間部分をずらすと、硬く勃起した肉棒を挿入していく。

「あぅうっ！　ぅあ、熱っ……い、いあぁあっ……！　痛あっ……！　うはぁっ……」

「え、痛いって……シャノンさん……もしかして……」

「そ、そうよ……ワタシ、初めてなの……これが、初めて……ふぅ、はふぅうっ……！」

　そう言うシャノンは、いつもの高飛車な態度とは違い乙女らしい可憐な表情をしていた。

(シャノンってこんな顔もできるんだな……けっこうかわいいじゃないか)

　里樹は胸がドキドキするのを感じながら、ゆっくりと腰を動かしていく。

「うあっ、あつ……熱いのっ……んはぁあ、あぅうっ……あ、はぁ、はぁあっ……！　こ、これがセックスなのね……はぁ、はぁっ、あ、あうっ……熱くて、きついけど……ぁあっ、んはぁ……こすれる感触が、んんんっ……！　あぅ、んはぁああっ！」

「シャノンさん、大丈夫？　無理なら、少し動かすの止めるけど……」

「ふぅ、はふぅうっ……！　ま、まだ平気よ……はぅ、んぅうっ……アナタ、意外と紳士なのね……はぁ、はぁっ……もっとガッついていると思っていたけど……」

　これまでの女性経験で里樹にも相手を気づかう余裕ができていた。それが、高飛車なシャノンの心をほぐしていく。

「ふぁ、あぁんっ……！　意外と、いいところもあるじゃない……動きも、優しくて……はふぅっ……んっ……はぁ、はぁ……こ、この調子で……はぅっ！　チンポを飲みこんで、受け止めて……ぁあ、あっ……はぅっ！　んぅっ……やんっ……！　は、はぅ……動きが、ちょっと、は、速っ……！」

しかし、里樹もいつまでもゆっくりはしていられなかった。シャノンの膣襞の絡みつくような気持ちよさに、どうしても腰を動かしたくなってしまうのだ。

「ぅはあ、はぁあっ……いい、感じよ……んうっ、くっ……これなら、もっと気持ちよく……ふぁ、あぁっ……！　はうぅっ！　あっ、あぁっ！　チンポ、チンポが、んはぁ、あぁっ……熱くて、ゾクゾクしちゃうっ……！　リキ、アナタ、上手だわっ……！」

突き上げるように腰を使うと、シャノンの端正な顔が快楽で歪んでくる。

「ぁあっ、んはぁあっ！　いい、いいのっ……オマンコ熱くて、とろけそうよっ……い、いくっ……イッちゃう……はふっ……すごいのくるわっ！　んぅううっ！　はぅうっ！　はふうぅっ！　イク……！　くるっ、あぁ、本当にっ……い、イッちゃうっ……！」

「くぅっ……シャノンさん！　で、出るっ……！」

里樹は腰を激しく突き上げるとともに、膣奥で精液を放出した。

「はぅうっ！　熱いの、流れて……はぅっ！　叩きつけられて……んふぅっ！　あふぅ

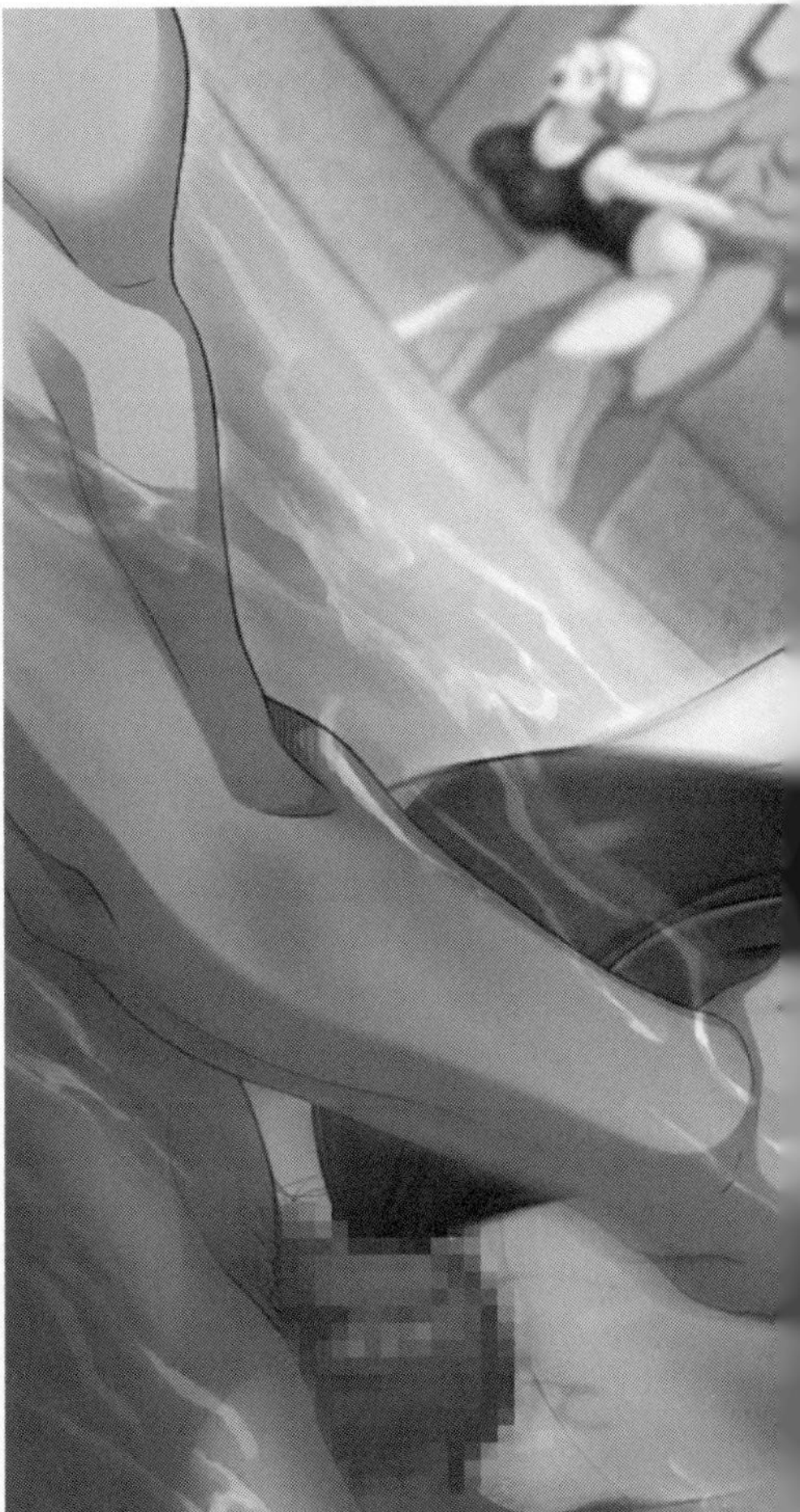

うっ！　はぁ、はぁあっ……出てるわ……リキの、ザーメンんぁっ……また、イッちゃう……んぅっ！　いくっ！　くるっ！　はぅうううううっ！」

シャノンは絶叫しながら、激しく痙攣して絶頂を迎えた。

そして、しばらくして――。

「はっ……⁉　低俗な妖魔が、このワタシの身体を利用するなんてっ！　くっ……絶対に許すものですか！」

正気に戻ったシャノンはリキから離れると、水面から次々と浮かんでくる白い靄状の妖魔に向かって攻撃をしかけていく。

「このワタシの紅雷……！　とくと思い知るがいいわ！　低俗な妖魔など、一瞬で倒してあげる！」

「ちょ……ちょっと待って！　シャノンさん、まだ水中にみんなが……というか俺も！」

しかし、怒ったシャノンを止めることは不可能だった。

「妖魔を滅して、一緒に学生たちの都市伝説の記憶も消してあげるわ！　ちょっとしたショック療法みたいなものね！　ゴメンなさいね、ミナサン！　破ぁあああああ！　くらいなさい！　紅雷っ！」

水面に紅雷が叩きこまれ、複数の妖魔は一瞬で消滅――。

「うわぁあああああああっ……！　し、痺れるぅっうぅうぅうぅうっうう！」

ついでに、里樹も含めたクラスメイトたちは巻き添えをくって全員感電してしまった。

こうして都市伝説は解決したものの、『晴天の落雷事件』として、ちょっとした騒動になってしまったのだった――。

＊　＊　＊

「あー、昨日は酷い目に遭ったなぁ……」

まだ身体が痺れているような気がしながら、里樹は登校していた。

しかし、すぐに昨日の出来事が吹っ飛ぶようなことが起きた。

「なっ……んなっ⁉　なんだコレ⁉」

校舎内に入ってみると、男女ともに全裸なのだ。

「え？　マジで⁉　なにこのドッキリ⁉」

制服を着ているのは、里樹のみ。いずれも、全裸が当たり前といった感じで、誰もが堂々としている。

（えぇっと、これって……そ、そうかっ！　俺が作った都市伝説、『制服禁止の日がある学園』じゃないか！）

そこへ、全裸のななみが通りがかった。

「あっ、あのっ……おっ、おはようございます……守沢先輩っ……あ、あのっ……先輩は、どうしてそんな格好してるですか？　制服着てくるなんて……あ、ありえないですっ……千莉お姉様が見たら、きっとすごく怒ると思うですっ……」

退魔士であるななみも、完全に都市伝説の影響下にいるようだった。

「あ、あぁ、そうだったね……。えーと、これにはちょっと事情があって……うん、あとで脱ぐから大丈夫」

誤魔化しながらも、里樹はななみの裸体をジロジロと見てしまう。

「あっ、あの……守沢先輩？　どうして、そんなエッチな目でななみを見てるんですか？　ななみは……別に、変じゃないですよねっ？」

「う、うん。今は変じゃないんだよね。校則的には、その格好のほうが正しいんだよね？　あ、あのさ……立川さん？　ちょっとだけ足上げてくれない？　片脚だけでいいから」

「そっ、それはっ……全力でお断りしますですっ……。ななみもよくわからないですけど、なにかダメな気がするですっ……。退魔士見習いの本能が、激しく警告してるですっ……。そ、そんなことより、そろそろ授業が始まるですっ。ちゃんと制服を脱いで、教室に行かないとダメですよっ……」

そう言って、ななみは逃げるようにして自分の教室に入ってしまった。

そして、里樹が自分のクラスに行ってみると――。

「なんて破廉恥なの、守沢くん！　制服姿だなんて、そんな格好、許されるわけがないでしょう？　早くフルチンになりなさい！」

全裸の千莉がそんなことを言いながら説教をしてくる。彼女も完全に都市伝説の影響下にあるようだ。

「『男子は全裸でフルチン』『女子は全裸でモロマン』。それが規則でしょう？ 『制服着用禁止日は、素っ裸ですごすこと。生理や体調不良などの理由は一切認めない』。校則第1条を忘れたわけじゃないわよね！」

（……マジで、俺が書いた文章まんまだ。ほんと、すごいな都市伝説の力は……）

改めて里樹は『惑わしの書』の力に呆れるとともに驚いていた。

「守沢くんっ！ 早く脱いでっ！ 授業が始まる前に、フルチンになりなさい！ 時間がないわ！」

「ゴメンゴメン、風宮さん。忘れてたよ。今日が制服着用禁止の日だったんだ」

里樹は申し訳なさそうな顔を作って、服と下着を脱いでいった。

「……ってことは、午後には検査があるの？」

「当たり前じゃない！ 昼休みのあとに保健室で検査があるんだから、検査担当員の守沢くんは遅れちゃだめよ！」

そう。里樹は『全裸登校日には守沢里樹が女子生徒を検査する』という文章も書いていたのだ。

（こりゃ……今日も楽しくなりそうだなっ！）

里樹はウキウキ気分で、午前中の授業を受けるのだった。

＊　＊　＊

「遅いわよ、リキ！　女の子を待たせるなんて、どういうつもりなの？」

保健室のドアを開けると、全裸のシャノンから叱責される。すでに二年のクラスの女子は集まっているらしい。

「シャノンさんは恥ずかしくないいの？　その格好で」

「なにを恥じるっていうの？　『男子は全裸でフルチン』、『女子は全裸でモロマン』。ここではそれがルールだと聞いたわ。そうでしょう？」

そして、シャノンの横には綾香が全裸で立っていた。

「その通りだよ、シャノン。ところで、制服禁止日の身体検査は、里樹の担当だそうだね。よろしく頼むぞ」

一流の退魔士である綾香とシャノンも完全に都市伝説の影響下に入っていた。『惑わしの書』の威力は絶大だった。

「そ、それじゃ……そろそろ身体検査を始めようかな？」

里樹は保健室の椅子に座ると、緊張の面持ちで都市伝説を開始することにした。目の前には、シャノンや綾香の他にも女子学生が大勢集まっている。

（こりゃ壮観だな……いつも身体検査している医者が心底うらやましい……）

「さあ、リキ。モタモタしていないで、検査を始めなさい！　ワタシの身体が誰よりも優秀だと認めさせてあげるわ！」

「よし……それじゃ、『膣圧検査』を始めるか」

「膣圧検査？　まあ、この学園にはそんなものがあるのね。知らなかったわ」

「えーと、『膣圧』とは、膣の圧力のことです。測定道具を使い、みなさんのオマンコの締まり具合を測ります。検査には、こちらに用意してあるバイブを使用します。検査の順番が来たら、学年と氏名、そしてエッチの経験人数を自己申告してください。膣圧検査は、測定道具を挿入した状態から開始します。……それでは、まずは御島綾香さんからお願いします」

　里樹は医者のような口調で説明しながら、綾香の膣にバイブをねじこんだ。

「んっ、はぅうっ……！　んぅうっ！　はぁっ、

はぁ……に、二年生……御島、綾香……んぅ、くっ……経験人数は……ひとりだ……」

そのひとりは、当然、里樹のことだ。

「……では、そのままの状態をキープしていてください。こちらがオーケーというまで、抜いてはだめですよ？」

「こ、このまま……？　中に入れたままで、立っていればいいのかい？」

「そうですね。すぐにバイブ……いや、器具が抜け落ちるようだと、ユルユルのガバマンということになります」

里樹の解説に、うしろで待機している女子たちがざわついた。

（みんな、そんなに心当たりがあるのか？　まぁ、うちの学園の女子はけっこう乱れてるみたいだからなぁ……）

そんなことを思いつつ、里樹は綾香の状態を観察する。

さすがに退魔士として鍛え抜かれた彼女は、膣の締めつけがしっかりしていた。入れられたバイブは微動だにしない。

「ところで里樹、この状態をいつまで保てばいいんだい？　全員検査を行うには、かなり時間を費やしそうだが」

「それはこっちで調整するんで。大丈夫ですよ。綾香には、特別な検査も行います」

里樹はコントローラーを操作して、バイブを駆動させ始めた。

「ッ……!?　うぁ、あっ……んはぁあぁあっ……！」

ヴィイイイイーン……という低いモーター音とともに、綾香の膣内のバイブが回転し始める。

「膣圧が弱いと、すぐに振り落とされると思います」

「はぅ、あふうっ！　ぁあ、ふぁ……この、状態でも……落とさないように、気張れと……？　ぁうぅっ……く、うぅうっ……」

「そういうことになりますね。ハイ」

バイブの刺激に耐える綾香に向かって、シャノンは挑発するような言葉を投げつける。

「アヤカ。この程度の刺激、ワタシたちには刺激のうちに入らないわよね？　ワタシのライバルが、身体検査で不甲斐ない結果など出すはずがないわ！　そうでしょう？」

「く……うぅっ……は、はぁっ……私は、まだ耐えられる……こ、この程度の、はふっ……刺激では……うぅっ……はぁあっ……あ、あぁ……んあっ……！　くっ、うぅっ……」

「それでは……これではどうですか？」

里樹はコントローラーをいじって、バイブの振動を『最強』にする。

「う、っく！　はぁ、ぁ、あぁっ！　はぅっ……んうぅっ！　アソコがっ……くぁあ……はっ、はっ、はぅうっ……！　ひ……ぁ、あぁっ！　ふ、あぁあああああっ！　だ、

だめだ……い、うぅうっ……！　あっ……はっ、はぅうううううううっ！」

　綾香は全身をガクガクと痙攣させて白く濁った本気汁を垂れ流したものの――バイブを落とすことはなかった。

「はぁ、はぁ、はぅっ……ま、まだ……平気だっ……器具は、お、落とさないぞ……んはぁ、はぁあっ……」

「あぁ、アヤカ……！　さすがはワタシが認めたライバルね……！」

（やっぱり退魔士は鍛え方が違うみたいだなな……そりゃ、チンポを挿入すると気持ちがいいわけだ……）

　そんなことを思いながら、里樹は別のバイブを用意する。

「えぇと、ひとりずつだとちょっと時間かかりそうなので、綾香はタイマー使ってそのまま継続します。では、次……シャノン・フルフォードさん」

「フッ……ワタシの番がやって来たわね……！　望むところよ！」

　恥じらうどころか、シャノンは意気揚々と検査に臨んだ。さっそく、里樹はバイブを彼女の膣内に挿入する。

「んはぁっ……はぁ、はぁっ……二年、シャノン・フルフォード。経験人数は、ひとりよ」

　シャノンはチラリと里樹に視線を向けて、すぐに目を逸らした。もちろん、経験相手は里樹のことだ。

のよね？」

「ふぅ、ふぅうっ……『器具』を身体に収めたままで、アヤカより長く耐え続ければいい

「ザックリ言うと、そう言うことですね」

「んぅっ……はぅ……奇妙なフォルムの『器具』だけど、この程度の刺激で、ワタシたち退魔士がひるむなど……ありえないわ！」

シャノンも綾香同様に膣圧が強く、挿入されたバイブはビクともしない。

「それじゃ、シャノンさんにも特別検査をしますね……」

里樹がコントローラーのボタンを押してバイブを動かすと、シャノンの余裕ある態度も崩れる。

「んッ⁉　ぁ、あぅううううっ‼　やっ、やぁあっ！　動くのが……は、早すぎじゃ……んくううぅぅっ！」

「早い？　うーん、気のせいじゃないですかね？」

「んふぅっ……ふぅぅ、ふぅ……こんなに、激しくうねっているなんて……ぁあぁっ！」

綾香と並んでシャノンも回転するバイブとの戦いを強いられることになった。

「んぅうっ！　うっ……はぅうっ！　アヤカには、けっして負けない……くっ！　うっ……はぅうっ！　はぁ、はぁあっ……『器具』が、どんなに暴れても……ワタシなら、平気よ……このくらい……絶対に、大丈夫……」

「なら、これはどうですか？」

里樹はあくまでも医者のような口調を崩さずに、バイブの振動を『最強』にする。

「あぅううぅっ！　うぁ、あはぁあっ⁉　いっ、いぁ……あぁあああああああっ！」

「けっこう大きな声出てますけど、大丈夫ですか？」

「くっ……！　あっ、当たり前……じゃないのっ……ワタシを、誰だと思っているの……！　んんんっ！　んっ、はぁ、はぁあっ……く、んくっ……！　はぅうっ！」

しかし、すぐにシャノンから余裕が失われる。この日のために用意されたバイブは、かなり高性能なのだった。

「んっ、んひぃいいいっ⁉　い、あ……あぁあああああああっ‼　やっ……あ——イッ……‼　あっ、あぁあああっ‼　いくっ……くるっ！　んぅううううっ！」

シャノンは全身をブルブルと震わせて絶頂し、大量の本気汁を溢れさせた。それでも、バイブを落とすことはない。

「はぁ、はぁあっ……！　ぅあ、はぅううっ！　ンッ……んぅうっ！　あぁ、まだ、まだだわっ……！　っ……ふぅ、ふぅうっ、んっ……ぅううっ！　はぁ、はぁあっ……！」

「大丈夫？　シャノンさんは、まだ続けられますか？」

「んはぁ、はっ、はぁあっ……あ、当たり前でしょう？　リキ……このワタシを、見くびらないでほしいわね……！」

「それじゃぁ、シャノンさんはそのまま継続扱いにして……。次の女子学生の検査も始めますね」

「はっ、はい……お願いします……」

里樹は別の女子学生の膣内にもバイブを挿入する。

「んんっ！　はぁ……二年生……み、三角、あゆか……。経験人数は……その、……ぁ、あ……は、八人……ですっ」

その言葉に、待機している女子たちはざわついた。

「へぇ、八人ですか……もしかして、ちょっと緩くなってるかな？」

「そ、それは、わかんないですけど……ふぅ、はぅうっ……」

「それじゃ、始めるんで。『器具』を落とさないように、がんばってみてください」

「は、は……はひっ……が、がんばります……んんっぅ！」

バイブを挿入するも、綾香たちのようにはいかない。すぐにズリ落ちてきてしまう。

「はぅ、うぅっ……落としたらどうしよう……みんなの前で、オマンコからボトって……ぁあっ、考えただけで……はっ、恥ずかしい……」

女子学生は顔を赤くしながら、懸命に膣を締めようとする。

「では、せっかくだから、三角さんにも特別検査やってみますね」

コントローラーのボタンを押して『強』にすると、女子学生はビクンッと反応して身体をかがめる。

「んぁっ！　き、来たぁっ……！　んはぅうっ！　動いてる、『器具』が……ぁあっ！　んぁあっ！　だ、め……オマンコ、いっ、きもちぃの……んぁ、んはぁあっ！　いっ……あ、ぁあああああああああっ!!　い、いくぅうううううううっ！」

濡れやすい上にイキやすい体質なのか、あっけなく女子学生は絶頂してしまう。それとともに、汁まみれのバイブがボトンッ！　と音を立てて床に落ちてしまった。

「うーん、やっぱりちょっと緩いみたいですね。性行為は少し控えめに、膣圧を回復するために日頃から締めつけ運動をしてみてください」

そんな助言をしながら、里樹は残りの女子学生たちにも膣圧検査をこなしていった。

そして、一時間後——。

「はい、ふたりとももういいよ。やっぱり一番は綾香とシャノンさんみたいだね」

放置されている間もバイブを締め続けた綾香とシャノンに、里樹は普段の口調に戻って検査の終了を告げる。

「くっ……このワタシのオマンコが、綾香と同レベル？　そんなのウソよ……ワタシのほうが優れているに決まっているわ！」

「里樹に一番だと認められた事実は変わらないだろう？　それでいいじゃないか」

「アヤカ！　いつかアナタにも認めさせてやるわ……！　このワタシこそが、学園でナンバーワンのボディとオマンコの持ち主だということを！」

負けず嫌いのシャノンは検査が終わったにもかかわらず、バイブを咥えこんだままヒートアップしていた。

「まあまあ……そうカリカリしないで。その検査用バイブ、一番のトロフィー代わりにあげるから」

「ほ、本当っ？　ワタシにトロフィーを？　このバイブを、ワタシに……！」

「ああ。『学園一の名器と認定された女子へ、トロフィーとして検査用バイブを進呈する』、『進呈された女子は、その証としてバイブを挿入したまま一日すごす』という校則だしな。それじゃ、シャノンさん。そのバイブ、家に帰るまでずっとつけててね」

「ふ、ふふっ……やっぱりワタシのオマンコが、ナンバーワンなのね……！　あ、あんっ……アヤカよりも……はふ、んふぅっ……！」

シャノンは誇らしげな表情をしながら、ブルルッと身体を震わせて達した。それでも、バイブはしっかりと咥えこんで離さないのだった。

# 第五章 もっとエロエロになる都市伝説！

「……どうもここのところ、妖魔退治の成功率が芳しくないな。私としたことが、不覚だ。今回は気を引き締めて取りかからねば。協力、頼むぞ、里樹」

里樹は綾香とともに、屋上へ向かっていた。今回の都市伝説は『青姦の淫』だ。屋上でカップルがセックスをするという、そのまんまの内容だ。

「よし、行くぞ、里樹っ！」

失敗続きの綾香を都市伝説の罠にはめることに里樹はわずかに罪悪感を覚えたものの、男としての欲望が勝っていた。

(だって、こんなに綺麗な女の子とセックスできるのに、我慢なんてできるわけないじゃないかっ！)

里樹は股間がウズウズするのを感じながら、綾香に続いて屋上へ踏みこんだ。

「あとは妖魔の出現を待つだけか。里樹、妖魔が姿を現したときは、陽動を頼むぞ」

そう綾香が言い終わったときには、すでに白い靄が現れ始めていた。

「……っ⁉　来たか……！　今回は絶対に退治してやるぞ！」

綾香は靄に向かって、手をかまえて浄化の炎を出そうとする。

（げっ、ここで妖魔が綾香にやられちゃったら楽しいことができなくなるじゃないか！　がんばれ妖魔！）

里樹の願いが通じたのか、妖魔は綾香の手から放たれた浄化の炎を神がかり的な回避でかいくぐって彼女の身体に入りこんでいった。

「な、なんだとっ⁉　ぐっ、あっ……⁉　……あっ、あぁっ……里樹……んぅうっ……」

綾香はふらつきながら、フェンスに寄りかかる。

「綾香、大丈夫？　苦しくない？」

「か、身体が熱い……ふぅ、んふぅっ……あぁ……里樹……キミの熱いチンポを……私のアソコに、入れてくれ……疼いて、しかたないんだ……ん、んぅうっ……」

憑依された綾香は身体をくねらせて、普段からは考えられない卑猥な名称を口にする。

「このまま、ここで入れちゃっていいのかな？　綾香が嫌ならすぐやめるけど」

セックスを経験したことで、すっかりふたりは親しくなっていた。里樹が軽い感じで尋ねると、綾香は頷いた。

「う、はぅうっ……頼む、キミのチンポで、私のオマンコを鎮めてくれ……早くしないと、頭がおかしくなりそうだ……はぁ、はぁっ……」

下着はすでにグッチョリ濡れていて、発情したような甘い雌の匂いがしていた。

（よしよし……やっぱり都市伝説の力は無敵だな。あんなに強い綾香がこんなにエロエロになっちゃうんだから）

里樹はズボンから硬くなっている肉棒を取り出すと、綾香のショーツをずらして力任せに挿入した。

「あぁっ！　んっはぁあああっ！　熱い……っ！　そ、そんな……奥までぇっ……！　んぅっ、くぅっ……！　ふぅ、ふぅうっ、はぅうっ……！　あ、あぁっ……ふぅ、はふぅっ……オマンコが、キミのチンポで……んぅ、んくぅっ……いっぱいだ……」

「大丈夫？　痛くない？」

「はぅうっ！　はぁ、はぁっ……い、痛みは感じない……私は、もう処女ではないのだからな……それに、先日の膣圧検査で鍛えられている……」

「それなら、もう少しだけ強く突いてみようか？」

里樹は先日のバイブに負けじと、激しく腰を振っていく。

「ぅあっ、はうぅっ！　前より……あぁ、強くこすれて……んくっ、あうぅっ！　や、やっぱり、里樹のチンポが一番だっ……はぁ、ぁあっ、はうぅっ……！　ああぁっ……！」

「そりゃどうも！　それじゃ、このままちょっと強めにやらせてもらうよ？」

「ふぁっ、んはぁあっ！　キミの好きにしてくれて……か、かまわないっ……里樹のっ、いいように……はぁんっ！」

自分の肉棒の形を教えこませるように、里樹は腰を使って膣奥まで突いていく。

「ふぅ、ふぅっ、はぅっ……ぁ、あぁっ……里樹のチンポが強くこすれてっ……んぁ、あぁ……！　クラクラしそうだ……！　ふぁあっ！　はぅ、んぅっ……ああ、ほしい……里樹の精液が、ほしいんだ……くぅうっ！」

いつもの凛とした美しい顔を快楽に歪めて、綾香は昇り詰めていく。

そして、里樹も容赦なく絡みつく膣襞と溢れ出す愛液の心地よさに射精欲求を急激に強めていった。

「あうっ、はぁあっ、ん、んはぁあああああっ！　ああ、里樹っ……！　私も、もう……うぅっ！　んぅううっ！」

「ああっ……出すよ！　綾香の中にっ！　くあああっ！」

里樹は綾香の身体が浮くほどに腰を大きく突き上げながら射精した。

「はうぅっ！　あ、あぁああっ！　はぅうっ……！　あ、熱いっ……！　里樹っ、里樹の熱い精液が、奥までいっぱい入ってっ……くるっ……！　あぁああっ！　はうぅっ！　んくぅうううううううっ！」

ビクビクと全身を震わせて、綾香は絶頂に達した。

「んぅうっ！　はぅっ……！　精液……んはぁあっ、子宮の中まで、流れて……んっ、はぅううっ！　ぅあ、熱うぅうっ……！　んはぁっ、ま、また、イクっ……きてしまうっそして、セックスの味を知った身体はすぐにまた絶頂を迎えてしまう。

「はぁあああああああっ！　ああ、止まらないいっ……あふぅっ……！　ふぅうっ……うっ……んはぁあああああっ！」

綾香は膣内を激しく収縮させて里樹の精液を搾りながら、全身をぐったりと弛緩させていく。

そして、ブルッと身体を震わせたかと思うと――。

「……ンンンッ……！　ふぁあああっ……だ、だめだっ……で、出てしまうっ……」

制御不能となった綾香の尿道からオシッコが勢いよく出始めた。

「はぅうっ……ふぁ、あぁっ……そ、そんな……ぁあっ……んふぅうっ！　ふぁっ、あぁあ……っ！　だめだ、とまらないっ……と、とめられ、ない……はぅうっ！」

綾香は珍しく焦った声を出しながら、放尿を続けてしまう。

「これって、オシッコだよね？」

「うぅっ……！　い、言うなっ……言わないで……ぁ、あぁあっ！　ふぁあっ……はふぅうっ……やっ……ま、まだ、出てくる……はふぅっ、あふぅううっ……！」

「へぇ、漏らしちゃうほど気持ちよかったってことかな？　まさかあの綾香が、お漏らししちゃうなんてなぁ……」

「ぃ、言うなっ……ぁああ、あんっ……ひぁ、ふぁあっ！　はぅっ……こ、こんな醜態を、晒すとは……うぅっ……ひ……ひぁっ、んはぁあっ……ぅ、うあぁっ……あ……ダメ、ダメなのに……うぁ、気持ち……いいっ……はあぁあぁあぁ……」

綾香は観念したように表情をとろけさせて健康的な色の尿を放出し続けてしまう。

その間に、綾香の吐息ごと体外に排出された白い靄状の妖魔は空の彼方へと逃げ去っていってしまった。

＊　＊　＊

「……御島さんが本調子じゃないみたいだから、私ががんばらないといけないわ。守沢くん、次の現場に、一緒に来てくれる？」

「あ、ああ。わかったよ、風宮さん」

放課後になり、里樹は変身した千莉と一緒に『魔の交差点』に向かうことになった。この交差点に近づくといきなり淫らなことをしてしまうという内容の都市伝説だ。

「最近発生するのは、破廉恥なものばかりなのよね……いったい、どうなっているのかしら？　それに、妖魔の力も増しているようだし……」

それは『惑わしの書』による影響なのだが、まさかそのことを教えるわけにもいかない。

（悪いな、風宮さん……。不幸だった俺がハッピーなセックスライフを送れるようになったんだ。今さらエロい都市伝説をやめるなんてことはできない）

そして、現場の交差点にやってきたところで三体の妖魔が現れた。

「来たわね！　無に還れ、不浄なるものども！　破ぁあああぁあっ！　滅っ！」

千莉は妖魔に向かって言霊を発する。しかし、今度は背後から別の妖魔が現れて、千莉に襲いかかった。

「なっ⁉　……ぅあ……っ……！」

反応が遅れた千莉は、口から妖魔に入りこまれてしまった。

(ほんと、最近の妖魔は強いよな……俺の欲望が力になってたりするのかな？)

そんなことを思っている里樹に、憑依状態になった千莉が表情をとろけさせて、しなだれかかってくる。

「ぁはっ……んふっ……守沢くん……えっち……しよ……？」

「ああっ……憑かれちゃったんなら、しかたがないよな……。一発ヤッて、妖魔を身体から追い出してやらないと」

全ては、里樹の思い通りに進んでいた。

(まぁ、やっぱり真面目に妖魔退治しても俺になんの得もないわけだしな。悪いけど、俺はとことんみんなとエッチなことをするぜ……！)

妖魔たちは他の通行人たちにも憑依して、そこかしこで青姦乱交を開始する。

「ふふ、こんなふうに、みんなが往来でエッチしているだなんて……あぁ、なんて素晴らしい光景なのかしら……」

「はは、風宮さんが乱交を絶賛するなんてね……」

「あんっ……守沢くん、そんな他人行儀なのはいやぁっ……千莉って呼んで。私も、里樹って呼ぶから……」

妖魔に取り憑かれた千莉はすっかり発情状態になっていた。身体は火照ってアソコはグショ濡れになっている。

「早くっ、早くオチンポちょうだいっ……あぁんっ……せつないのぉっ……早くぅ」

駄々っ子のようにおねだりする千莉をかわいらしく思いながら、里樹は肉棒を割れ目にあてがった。

「はぅうっ！　守沢くんの熱い勃起オチンポ、すごく硬いわ……！　ふぅ、はふぅっ……ヌルヌルも出て、……ぁ、あん……守沢くんも欲情してるのね……ふぁ、あはぁっ」

「千莉のオマンコも、発情してヌルヌルだよね！」

「あぁ、あんっ……だって、こんなに立派なオチンポで、グリグリされたら……誰だって、こうなるわ……はぁっ、はぁっ……オマンコ、トロトロになってる……オチンポでこすられて……はふっ、んふぅっ……もうグショグショなの……」

千莉は普段からは考えられない卑猥な言葉を次々と口にしていく。そして、下の口からも愛液をダラダラと垂れ流していた。

「お願い、お願いっ……守沢くんっ……ううん、里樹のオチンポがほしいのっ……入れて、オマンコの中にぶちこんでぇ……ぁあんっ」

「へえ……風宮さん……いや、呼び捨てにしようか。千莉は、俺のチンポがそんなに中にほしいんだ？」

「あんっ、当たり前じゃない……熱いオチンポで、オマンコこんなにこすられて……入れてほしいに決まってるわ」

お互いを下の名前で呼びあうことで、いつもより興奮が増してくるようだった。里樹は猛り狂った肉棒をコスチュームの脇から膣内に突き入れていった。

「んはぁあっ！　あっ、あぁんっ！　オチンポ、里樹のオチンポ……あっ、あぁっ……入ってきてるぅっ！　……熱いのが、根元まで……ふぅうっ、んふぅ……ぁ、あはぁっ……！　う、嬉しい……はぁ、はぁあっ……里樹、大好きっ……！」

「ホントに別人みたいだね……千莉って、こんなにエッチだったたっけ？」

「ふぅ、はふぅっ……誰でも、いいわけじゃないのよ……里樹だから……里樹のオチンポだから、私は、こんなに燃えちゃうの……あ、あぁんっ……！」

千莉は里樹のことを情熱的に見つめながら、声を上ずらせた。

「ね、ねぇ……里樹だって、もっともっと気持ちよくなりたいわよね？　もっとオチンポしごきたいと思わない？」

「ん？　たとえば、どうやって？」

「はぁ、はぁっ、ぁ……それは、オマンコを使って、竿をしごいたり……ヒダをかき回したり……んふぅっ……んうぅっ、はふぅっ……こんなふうに、熱いオチンポ、オマンコで……はぁ、んはぁ、しごくの……」

千莉は自ら腰を動かして、肉竿を膣内全体でしごき始めた。

「くぅ、エロいな千莉は……なら、俺だって動くよ。ほら、これでどうだ？」

里樹は千莉の腰の動きにあわせるように、自らも肉棒を抽送し始める。

「ぁはっ、あぁ、んはぁっ……う、うれし……んふぅっ、はうぅっ！　あぁ、してぇっ！　もっと、動いてぇっ……んはぁっ、あっ、あはっ……おっ、オチンポぉっ……！　里樹のぶっとい勃起オチンポ、すごく気持ちいいのっ……！　ぁあああっ！　んぁ、あんっ！　い、いぃいいいっ！」

千莉と里樹は競うように腰を動かして快楽を貪っていく。

「いい、いいのぉっ……気持ちいいの……んはぁ、はぁっ！　あ……はふっ……奥にも、んぁっ、あたって……オマンコの中で、オチンポが、ビクビクしているわ……あはぁっ……感じちゃうっ……もっとして、もっと、いっぱい突いてぇ……ぁあ、もっとぉっ！」

「くっ……うぅっ、すごい締めつけてくるっ！」

「ふぅうっ、はふぅっ！　里樹のオチンポだって、ふぁあ……あっ……オマンコ、思いきり責めてくるっ……！　んふぅ、はぅうっ！　ゴリゴリ、ゴツゴツって、いっぱい子宮を

えぐってるっ！」

素直に快楽を訴えてくる千莉はいつにも増して魅力的だった。自然と腰の動きも速くなっていってしまう。

「んはぁ、はっ……んひぃっ！　そんなにされたら……はぁんっ！　オマンコが、ヒダがっ……めくれちゃうっ……うぅ、んふぅうっ！　んはぁ、はぁっ！　里樹が、こんなに激しいなんて……ふぁああっ、あっ……はぅううっ！　はぁ、はぅうっ！　熱いの、ジリジリするのぉっ！　オマンコ……ぁあっ……い、イキそうっ……んううっ！」

膣内は激しく収縮を繰り返して、肉竿を膣奥へと引きずりこんでいく。処女の頃と違って、千莉の女性器は確実に貪欲になっていた。

「くっ、すごい吸いつくっ！　お、俺、もう……出そう……！」

「はぅうっ！　あふっ、んぅうっ！　いいのよっ、いつでも出して、いっぱい熱いのちょうだい……んはぁっ！　あはぁあああああっ！」

千莉は射精を催促するように腰の動きを小刻みにする。その刺激に、里樹の肉棒は限界を迎える。

「うくっ……！　出すよ、千莉っ！　うあああっ！」

「んはぁあああああっ！　く、くるっ……あぁああっ！　い、いやぁっ……も、ダメ……っ！　はうっ……んぅううううっ！　んくぅううううっ！　いはぁっ、い、いくぅ！」

互いの腰を淫らにこすりあわせながら、里樹と千莉は同時に絶頂した。

「あっ、あぁあああああっ！　来てるっ、せ、精液っ……里樹の、オチンポから……あぁああああっ!!　はぅっ！　んふぅうっ!!　ぁあ、んはぁあっ！　出して、もっと、もっといっぱい……濃いの、熱いの、私のオマンコに……ぁあああああっ！」

千莉は野外にもかかわらず激しく絶叫して、潮を噴き続けた。その姿を目に焼きつけながら、里樹は何度も腰を振って精液を放ち続けた。

そして、ふたりの絶頂が合図となったように周りで乱交していた通行人たちも次々と絶頂を迎えていく。

「あぁ……すごいわ、セックス……里樹、好きっ……大好きっ……」

激しい情交ですっかりとろけきったアクメ顔を晒す千莉には、もはや浄化の言霊を放つ使命は失われているようだった。

当然、今回の妖魔退治も失敗に終わってしまった。

＊　　　＊　　　＊

「……不本意ながら、ここのところ浄化の失敗が続いている。そこで、体勢を立て直すために今度の都市伝説は三人で対処しようと思う。里樹、ななみ、私と一緒に来てくれ」

綾香は痛恨の表情を浮かべながらも、リーダーとして適切な判断を下していた。

（まぁ、全部俺のせいなんだけどな……でも、みんなとエッチするのやめるなんて絶対にできないしなぁ……）

「はぅぅ……汚名返上、名誉挽回するですっ、ななみ、がんばりますっ……！」

真面目に使命を果たそうとする彼女たちに申し訳ない気持ちになりながらも、里樹は現場に向かう。


今回の都市伝説は、『ドッペルゲンガー』。教室にある鏡から現れるとの噂だ。もちろん、里樹が考え出したものだが。

「ななみが識た限りでは……この教室でもうすぐ起こるはずですっ」

「よし、今回は気を引き締めていこう。何度も失敗は許されないからな」

里樹は綾香たちと一緒に現場となる教室に入り、鏡の前へやってくる。

（ごめんな、みんな……！　でも、俺はみんなとやりたくてしかたないんだ――――！）

里樹の心の中の叫びに反応するように、鏡が光り出し、中から里樹のドッペルゲンガーが三体現れた。

「なっ!?　くっ……り、里樹のドッペルゲンガー――なのか……!?」

「はぅうっ……！　か、守沢先輩がいっぱいですっ……」

ドッペルゲンガーは怪力を発揮して、綾香となななみを押さえこんでしまう。

そして、鏡から新たに現れた白い靄状の二体の妖魔が綾香とななみの口内へ入っていってしまった。これで、ふたりは完全に操られてしまうことになる。

ドッペルゲンガーたちはそれぞれ肉棒を露わにすると、綾香の上下の口に挿入した。さらには、ななみの口にも肉棒を突き入れる。

「はぁはぁ！　お、俺も……ドッペルゲンガーだぁあ！」

里樹は錯乱したフリをして、空いていたななみの膣内に向かって肉棒を挿入した。

「はぅうんっ……⁉　んぶっ、ふぁあああああっ！」

ななみはドッペルゲンガーの肉棒を咥えさせられながら、里樹とセックスすることになってしまった。

「んぅうっ！　ひっ……ひぅうっ！　熱いですっ……ふぁ、あっ……ぁああっ！　先輩のおちんちん……ぁあっ、あ……んぅっ！　太いですぅっ……ふぁ、あぁあっ……」

里樹は自分のドッペルゲンガーと一緒に、ななみを犯していく。膣内は相変わらず狭苦しくて、その摩擦感は病みつきになりそうだった。

「んぁああ、はぁあ、はぁああ……奥で、暴れて……んぅうっ！　ふぁ、あぁあっ……！

んふっ！　ぅうっ……くっ、ぅ……ふ、あぁああっ……んう、っうう……お腹の中……

引きずり出される、みたいですぅっ……んあぁっ！　はぁああっ……！」

　肉棒を抽送するたびに、ななみの小柄な身体は派手に浮き上がる。愛液も次々と溢れ出して、ますます快楽熱が高まっていくばかりだ。

「ぁ……はぁあっ……すごい、熱くって……はぁあ、あ……イッパイになって……はぁあ、ヘンです……こんな、の……はぁあ、はぁあ……怖いのに……でも、ゾクゾクって……ぁぁああっ、ぁあああ……！　奥まで、先輩のが……はぁ、はぁああ……」

　里樹はななみのオマンコを一通り楽しむと、今度は綾香のほうに挿入することにした。　ドッペルゲンガーは里樹の意思がわかっているかのように綾香から肉棒を引き抜いて場所を譲り、代わりにななみに挿入した。

（まさに、以心伝心ってやつだな……！　よーし、それじゃ、今度は綾香のオマンコを味わおう！）

里樹はななみのオマンコ汁にまみれた肉棒を、綾香の適度にほぐれた膣内へねじこんだ。

「っ……！　はぁ、はぁあっ……里樹……はぁ、はぁあっ……うぅうっ、うくぅっ……！やはり、なかなかのものだな……里樹のモノは……ん、ふぅううっ……！」

都市伝説の力ですっかり状況を受け入れている綾香は、余裕の笑みすら浮かべてセックスを楽しんでいた。

「ふふ……このカリ首が、引っかかるような、感じが……ん、ぁ、はぁあ、はぁああっ……くっ、ぅう……やっぱり、里樹は私が見こんだだけあるっ……はぁあぁっ」

「綾香のオマンコだって気持ちいいよっ！　カリ首に絡みついて、搾り上げてっ……それに、すっごく熱くて、エロい汁いっぱい出てさっ！　本当に最高だよっ！」

「んんっ……！　ふぁ、あああっ！　そう言ってもらえると、私も、嬉しいよっ……はぁ、あぁああ……いいぞ……その調子だ……もっとだ……もっと……あぁあ、はぁああっ！」

そして、ドッペルゲンガーも興奮したのか、ななみと綾香の口内深くまで肉棒を突っこんで、ピストンを開始する。

「はぅぅう……!?　んむぅうっ!?　んぅっ……んむぅっ！」

「んぶっ！　んふうぅっ！　うっ、ううう……！」

ハードイラマチオに、ななみと綾香は苦しそうな表情を浮かべる。

「はぶぅぅっ⁉　んぶぇっ！　はぅぅううっ！　んぇっ……！」

「んぐっ、ふっ、ずいぶんと、盛っているな……んむっ……じゅぶぶっ……！」

自分のドッペルゲンガーに激しく口内を犯されているふたりを見て、里樹の心にも火がついた。自分も負けじと腰の動きを加速させて、綾香の膣内を突きまくっていく。

「んぶふっ！　んはぁっ、んぅっ、里樹っ……あむぅっ！　ふうぅ！　んむぅうっ！」

膣内は火傷しそうなほど熱くなっていた。そして、先ほどよりも収縮の激しさが増していき、精液を搾り取ろうと強烈に絡みついてきた。

「くぅうっ！　出すよっ！」

里樹は肉棒を膣奥深く突っこみながら、精液を炸裂させた。

「里樹っ！　んぐっ、んっぅうううううううっ！　ん、んぶぶぶっ……！」

それと同時に、ドッペルゲンガーたちも一斉に肉棒から精液を噴き出させた。

「はぶぅううっ！　んぶっぅ……ふぁぁあ……ぅうっ……う、んうぇっ……！」

ドクドクと四本の肉棒が脈動して、美少女退魔士の体内外を白く染めていく。

(すげぇ……！　なんてエロい光景なんだ……！)

里樹は感動に打ち震えながら、ドッペルゲンガーと一緒に精巣が空っぽになるまで精液

を放ち続けるのだった。

＊　＊　＊

「……ワタシとセンリを連れて行かなかったのは失敗だったわね、アヤカ。ここのところの妖魔は明らかに強力になっているわ。戦力を分散したり、逐次投入するのは愚の骨頂。次からは全員で対処すべきだわ」

ドッペルゲンガーに敗れて帰ってきた里樹たちは、シャノンから厳しい口調で告げられた。

「うむ……確かに、シャノンの言う通りだ。三人であたれば大丈夫と思ったが……それはどうやら私の過信だったようだな。面目ない」

綾香も神妙な面持ちで、シャノンの意見を受け入れていた。負けがこんでいることで、都市伝説研究部の空気も重苦しい。

しかし、妖魔は態勢を整えるのを待ってはくれない。

「はぅぅぅ……ま、また、妖魔が現れるみたいですっ……場所は公園みたいですっ……」

「くっ、早いな。しかし、休むわけにはいかない。今回は戦力を分散しないで、全員で浄化にあたろう。行くぞっ、みんな！」

綾香の言葉に弾かれるように、都市伝説研究部のメンバーは現場へ急行した。

＊　＊　＊

「あ、あぁっ……都市伝説……もう、始まってるです」

里樹たちが現場の公園にたどり着いたときには、すでに大勢の男女が夢中になって乱交していた。これも里樹が『惑わしの書』に書いた都市伝説『魔の乱交公園』だ。

「あぁ……なんてことなの……はっ……破廉恥な……！」

「センリ、取り乱していては妖魔たちの思うツボよ。今は結界を張りつつ待機して、チャンスを待ちましょう」

「うむ。シャノンの言う通りだ。被害者を増やさないように、私とシャノンは結界を張っておく。千莉とななみは、その場で待機していてくれ。里樹も待機だ」

「りょ、……了解っ……！」

里樹は頷いて、公園の大乱交を観察することにした。

「はむっ、じゅぶぶっ、じゅっ、ちゅうぅっ……ぷぁ、んふぅっ……精液、おいひぃ……んはぁ、ちゅるるっ」

「んっ、んくっ、んふぅうっ！ くるっ、きてるっ！ あぁあああああっっ！」

主婦やＯＬなど、様々な女性が肉棒を咥えたり、挿入されたりして喘いでいる。着衣というのが、逆に淫らさを際立てていた。

「はぅううっ！ っ、うぅうっ！ あぁ、もっと……もっとほしいっ、もっとしたいのぉっ……んぅっ、んくっ……もっと出して、もっとかき回してぇっ……」

「あんっ！ あぁ、チンポ……もっと突いてぇっ！ あぁ……あはぁっ！ オマンコ滅茶苦茶にしてえぇっ！ もっと、もっとぉ、ほしいのぉっ……！」

「ぷぁ、ぁはっ……またカウパーが出てきてる……ぢゅ、ぢゅるうううううっ！」

性欲を解放された女性たちは青空の下、貪欲に快楽を求め続け、そこかしこで淫らな抽送音を響かせる。

（すごいな……これだけの人数が一斉にセックスしてるって……壮観だ）

数十人が一心にまぐわう姿は、まるで動物の性交を見ているかのようだった。

「んぁ、あぁんっ！　もっとしっかり勃たせてよぉっ！　フニャチンじゃ、イケないじゃない……んぅうっ！」

「ぁうっ、そ、そこ……いいのおぉっ！　もっと、強めに突いてぇ……あぁんっ！」

主導権はほとんど女性側が握っており、男性はバイブ代わりに使われているかのような状態だ。

「くっ……取り憑かれている人たちを、一刻も早く解放してあげないと……」

植えこみに身を隠しながら、千莉は歯軋りしていた。真面目な彼女にとっては、耐えられない光景なのだろう。

「千莉お姉様……今は我慢してくださいですっ……ななみが、ちゃんと浄化のチャンスを探っていますから……」

しかし、美少女退魔士たちを嘲笑うかのように乱交は激しさを増していく。

「んはぁ、んはあぁっ、はぁっ、はぅうっ！　オマンコ……はあぁっ、グジュグジュ……んぁ、あぅうっ！　チンポォ、もっと奥にほしいのぉっ！　んぁ、んぅうっ！」

「じゅるるっ、ちゅっ、じゅっぽっ……チュ、ちゅぶ……ぢゅるうううううっ！」

アダルトビデオ顔負けの淫声やフェラ音を響かせて、女性たちは肉棒を貪りまくる。

「ふむ、激しいな……」

「フンッ、かなりタチの悪い妖魔みたいね……！」

綾香とシャノンも待機しつつ、目の前の痴態を観察していた。以前なら動じなかったであろう彼女たちも、セックスの味を知ってしまったからか、頬を赤らめている。

(ほんと、すごいな……俺もやりたくなってきちまうぜ！　でも、今回はもう妖魔が憑依しちゃったから、お預けなんだよなぁ……)

そんなことを里樹が思っているうちに、女性たちは絶頂に向かいつつあった。

「はぁんっ、あっ……もう私っ、メス犬なのぉっ！　いっぱい突かれて、オマンコかきまわされたいのぉっ！　チンポ大好きぃい！　あああ、イクイクイクゥっ！」

「んじゅるるっ、んぢゅう！　精液、出ひてぇえええええええ！　んぐぢゅぅ！」

「いっ、いぁあああああああっ！　んぁ、んはぁあああっ！　いっくぅうううううっ！」

　無数の絶叫が重なりあい、大量の白濁精液が次々と噴き出していく。

「あ、あっ……熱っ……ぅはあっ！　んぁあああっ！　くっ！　んくぅうううううっ！」

「んはぁあああああっ！　あっ、熱い、精液がっ……ふぁっ！　ビュルって……噴き上げて……んぢゅうっ！　んぷっ……んぅううううううううううんっ！」

「ぅはあああああああああああああっ！　ぉあっ！　あっ……んぁあああああっ！　精液、は、入って……流れてくるっ……んぁああっ！　ぁあああっ！」

　男女ともにビクビクと痙攣して、体液を噴き出していく。すっかり辺りは生々しい雌と雄の匂いで満たされてしまった。

　そして、満足した男女の性器から次々と妖魔が飛び立ち始める。その数、五十近く。

「よ、よし……俺の出番だな！　うっおぉおおおおおおおおおっ！　妖魔どもめ！　来るなら来いっ！」

　里樹は、殊更《ことさら》に声を張り上げて妖魔に立ち向かった。

（ちゃんと囮役をやってるってアピールしないと、オレが『惑わしの書』で悪さをしてるのがバレるかもしれないしな……！）

飛び出した里樹に向かって、妖魔たちは引き寄せられるように集まってくる。

「よし、里樹！　そのまま妖魔たちを足止めしておいてくれ！　破ぁあ！　浄炎っ！」

「負けないわよ！　アヤカ！　破ぁあああぁっ！　紅雷っ！」

いつもよりも気合の入っている綾香とシャノンは、これまでの鬱憤を晴らすように妖魔を次々と浄化していく。

「あ、あぁっ……千莉お姉様っ！　うしろから、二匹迫ってきているですっ！」

「ありがとう、大丈夫よ、立川さん！　破ああぁっ！　滅せよ！　不浄なるもの！」

ななみと千莉も協力して、妖魔を倒していく。

そして、十分ほど経過した頃には、全ての妖魔は浄化されていた。

（さすがに、全員揃ってると強いな……）

いつか全員まとめてエロいことをしたいと思っていた里樹だったが――彼女たちの活躍を目の当《ま》たりにして、その難しさを痛感していた。

＊　＊　＊

夜。里樹は、自室のベッドに横たわり、『惑わしの書』を眺めていた。

「いよいよ……俺が書いた都市伝説も残りひとつなんだよな。女の子が呪われた教室に足を踏み入れるといきなり発情状態になる『魔の催眠教室』。どうせなら全員でエロいことしたいけど……俺の書いた都市伝説と、みんなの力……どちらが上回るか」

『魔の乱交公園』では自分は参加することはできなかったが、最後の都市伝説はどうにかして楽しみたいところだ。

（よし……頼むぞ、俺の都市伝説！）

里樹は期待に胸と股間を膨らませながら、眠りに落ちていった。

＊　＊　＊

「……今回も、妖魔の数が多いようだ。発生時期はまだ不確定らしいが、可能な限り先手を打っておきたい」

部室に里樹を含めた全員が集まり、綾香を中心に作戦を練っていた。

「ななみに識えたのは……『魔の催眠教室』とか言われてる都市伝説です。この学校で起きることは、間違いないです。あ、あのっ……ハッキリした時間は、まだ識えていないですが……放課後に起きるのは間違いないと思うですっ……。あと……この都市伝説が起こる前には、なぜか『男子が校舎からいなくなる』と言われてるみたいですっ……」

ななみは里樹が『惑わしの書』に書いた内容を、次々と口にしていく。

「つまり……それをナナミに察知してもらって、都市伝説が発生する前から浄化を開始しようということなのね？　アヤカ？　リキの扱いはどうするの？」

「今まで通り、妖魔の誘導に専念してもらいたい。里樹は私たち退魔士側の人間だ。他の学生とは違い、影響範囲外になるはずだ。そして、今回は、結界は張らないつもりだ。その力も全て浄化へ振り分けたい。持てる力の全てを使わなければ、被害を増やすことになりかねないと考えている。それだけ、今回の妖魔からは強い力を感じる」

「主に浄化活動を行うのは、私と御島さん、フルフォードさんの三名ということでいいかしら。立川さんには、索敵のみに注力してもらうことになりますね」

「そうだな。それぞれ、自分の力を発揮することに集中してくれ！」

綾香の言葉に、美少女退魔士たちは力強く頷いた。

＊　＊　＊

そして、決戦の放課後――。

「お、お姉様っ！　そ、そろそろ、始まるかもですっ……！　男子たちがゾロゾロ帰っていくですっ……」

ななみは廊下に接する窓から男子たちが次々と校門から出ていく姿を確認して叫んだ。

ななみの霊瞳も光を増していき、妖魔の出現が近いことを知らせていた。

「よし、行動開始だ！　ななみは引き続き、妖魔の発生源である教室の特定を。シャノンと千莉は、私と一緒に妖魔の浄化にあたる。里樹も私たちに続いてくれ！」

綾香を先頭にして、都市伝説研究部のメンバーは校舎内の探索を開始する。

「まずは、空き教室を優先的に回っていこうか。虱潰しにしていこう」

「フッ……望むところよ！　人間に取り憑く前なら、遠慮はなしね！」

そして、廊下の向こうからは早くも妖魔が発生して綾香たちに襲いかかってくる。

「来たか！　浄炎……！」

「喰らいなさい！　紅雷！」

「滅せよ！　不浄なるもの！」

三人が繰り出す浄化の力はいつもに増して強く、妖魔は瞬時に消滅していく。

(強いな……！　ほんと、みんな気合入ってる……でも、このまま何事もなく退治されると困るんだが……)

それでも美少女退魔士の快進撃は続いていった。そして、校舎の半分ほどを回ったところで——。

「あ、あのっ……！　お姉様っ……それと、守沢先輩っ！　気をつけてくださいですっ！

その教室が、妖魔の発生源みたいですっ！」

「よし……では、すまないが、里樹。囮を頼むぞ」

「お、おうっ……！　よーし！　おりゃぁあああああっ！」

里樹は教室のドアを勢いよく開けて中に入った。そこには、無数の妖魔が渦を巻くように集まっていた。さらには、複数の女子生徒同士が淫らに絡みあっている。

「よし、みんな。里樹に妖魔が集まる瞬間を狙って、一気に叩くぞ……！」

続いて、綾香たちも教室に踏みこむが――。

「なっ、なにっ⁉」

妖魔たちは里樹をスルーして、一斉に美少女退魔士たちに襲いかかっていった。

「くっ、浄炎！」

「この妖魔、直接ワタシたちを狙っているというの⁉　紅雷っ！」

「くっ、なんで、そんなことが起こるの……！　うっ、破ぁあああっ！　滅せよ、不浄……きゃあああっ⁉」

反応が遅れた千莉が、まずは妖魔に身体を乗っ取られてしまう。

「千莉お姉様っ⁉　きゃっ……！　は、はうぅうっ⁉」

そして、ななみも妖魔の侵入を受けてしまった。

「くっ、ななみ、千莉……！」

「くぅっ……!? なんなの、この妖魔はっ……！ なぜこんなに素早いのっ！」

妖魔たちは回転しながら綾香とシャノンの攻撃をかわして、彼女たちに取り憑く機会をうかがっているようだった。

（おお、強いな、今回の妖魔は……！ まさか俺をスルーして直接みんなに襲いかかるなんて……！ これなら、勝てるかも……！）

「くっ、シャノン、落ち着いて対処するんだ」

「言われないでもわかってるわよ、アヤカ……！」

しかし、相手は妖魔だけではなかった――。

「うふふっ……フルフォードさんっ、御島さん……私たちと一緒にエロいことしましょう」

「はぅぅぅ……。お姉様っ……ななみもお姉様たちとえっちいこと、したいですっ……」

操られた千莉とななみも綾香とシャノンに襲いかかってきた。

「センリ、目を覚ましなさいっ！ ……うっ!? このっ！ あ、あああっ！」

「ふたりを傷つけるわけには……くあっ!? ぐっ……妖魔めっ……！」

妖魔は綾香とシャノンが足を止めた隙を見逃さずに、ふたりの身体に空中から突進していって身体を奪っていた。

（よっし！ やった！ やったぞ！ でかした、お前ら！）

里樹は心の中で快哉を叫んだ。美少女退魔士たちの力よりも、里樹の作り出した都市伝説の妖魔のほうが勝ったのだ。

「はぁ、はぁっ……リキ……チンポちょうだい……」

「はぁ、はぁあっ……シャノン、抜け駆けはずるいぞ……私だって……あ、はぁっ……」

すっかり取り憑かれてしまったシャノンと綾香は自らコスチュームをはだけさせて、発情し始めた。

「ふむ、シャノンの胸は大きいな………はふ、んぅうっ……ちゅ、ちゅぱっ……」

発情した綾香は自分の膣に指を挿入しつつ、シャノンの乳房にキスをする。

「はぁんっ！　あ、あぅうっ……アヤカ……邪魔しちゃ、い、いや……はうんっ！」

「ぷぁっ……邪魔しているつもりはないぞ。ただ、キミと一緒に心地よくなりたいだけで……チュッ、んふぅっ、ちゅぱッ……んふぅうっ……はぁ、はぁっ……この大きな乳房の中は、なにが詰まっているんだろな？　ん、んぅうっ……」

綾香はシャノンのボリューム満点の乳房に指を沈みこませてダイナミックに揉みしだきながら、乳首を舐めしゃぶる。

「ぁ、ふあっ……！　あんっ！　ア、アヤカッ……乳首はっ……はうっ！　や、やぁっ……か、感じちゃうのっ……！」

「はふっ……チュ、チュバッ……んふうっ……んちゅっ……シャノンの肌はなめらかで美しいな……はふっ、ちゅぅっ……」

綾香はシャノンの胸に顔を埋めて執拗に舌を使った愛撫をする。

「んうぅっ！　はうぅっ……ウソよ、絶対邪魔してる……このワタシが、リキとエッチするのが気に入らないのね……あぁん、ちょ……あぁっ……アヤカっ……！」

「だから、気のせいだと言っているだろう？　シャノン、キミのニオイを嗅ぐと……はうっ、なんだか、妙な気分になってくるんだ……ぁあっ……」

「ワ、ワタシがほしいのはっ……あ、あんっ……リキのチンポだけなのよぉっ……やっ、ダメ……あぁ、アヤカ……！　そこだめぇええっ……！」

シャノンはすっかり綾香の責めに表情をとろけさせてしまっていた。

一方で、千莉はななみのオマンコに指を押しあてて、激しくこすり上げていた。

「はぅうぅっ……！　んんぅぅうっ……！　ああっ、千莉お姉様ぁ……あ、あんっ！　オマンコ、気持ちいいですぅっ……！」

「あぁ、本当にかわいいわ……立川さん、なんて愛らしいのかしら……はぁ、はぁっ……小柄で可愛くて……オマンコも小ぶりで、本当にかわいらしいわ……ビラビラも、はみ出ていないし……肌もキレイで……んふっ……」

「はぅんっ、くぅんっ！　んぅっ、お、お姉様っ……千莉お姉様……えっちいですぅっ……んはぁ、はぁあっ……！」

普段は真面目な千莉も、すっかり淫らな表情でななみを追い詰めていく。
「この小動物っぽさが……うふっ、本当にかわいいわぁ……ちょっといじめたくなっちゃうのよね……ぅふふっ♪」

千莉は瞳を妖しく光らせると、指を激しくピストンさせて狭い膣道を犯し始める。

「はぅぅうっ……！　ら、らめ、ですっ……そ、そんな、激しくされたらぁっ……！　お姉っ、様ぁあっ……はふぅぅうんんっ！」

ななみも小さな身体をブルブルさせて感じまくってしまっていた。

「はぁはぁ……リ、リキ、なにを見ているの？　はぁはぁ……このワタシが、こんなに近くにいるっていうのに……他の女の子なんかに目移りしちゃうなんて、んんっ……アナタ、どういうつもり？」

そして、綾香に責められつつも、シャノンは里樹のほうにまでやってきて身体を押しつけてくる。

「い、いや……目移りしてるわけじゃないよ。つい目に入っただけで……」

「本当に生意気なチンポよね。こっちの気も知らないで。鼻の下を伸ばして、デカチンポ勃起させちゃって……」

「そうだぞ、里樹……。私たちもいることを忘れてもらっては困る」

綾香も股間を濡らしながら、里樹の腕に乳房をこすりつけてきた。

「リキ、ほら……このまま入れさせてあげてもいいのよ？　このチンポをこのワタシのオマンコに入れさせてあげる」

そして、シャノンは里樹のズボンから肉棒を取り出すと、挑発するように割れ目にこすりつけてきた。

「うふふっ、リキのチンポはワタシがもらうわよ……」

シャノンは腰に力を入れると、一気に肉棒を呑みこんでしまった。

「うあっ、シャノンさん……！」

「んぅうっ！　あぁっ、はうぅっ……！　すごいわっ……！　熱さも硬さも、想像以上……あはぁっ！　はぁ、はぁっ……いっ、いいっ……！　熱いチンポ、気持ちいいっ！」

「ああ、ずるいぞ、シャノン……私も、里樹のチンポ、入れてほしいのに……」

「うふふっ、アヤカ、チンポは早い者勝ちなのよっ……ふぅ、んふぅっ……ふふ、どう？　リキ？　気持ちいいでしょう？　チンポがまたワタシのオマンコの中で膨れてきているわよ……？　うふふっ♪」

妖艶に微笑むシャノンに、里樹は素直に頷いた。

「う、うん……すごく、気持ちいい……」

「ふふっ……このワタシが、いっぱい搾り取ってあげるわ！」

気をよくしたシャノンは笑みを漏らしながら、腰を激しく上下に振る。

「はぁ、はぁあっ！　あぁ、そうよ……この感触よ……あぁんっ!!　興奮しちゃうっ……！　いつでもイッてしまっていいのよ？　我慢せずにイッてもいいから……いっぱい、出してちょうだいね♪」

シャノンは全身をバウンドさせるようにして肉棒を激しくしごき立てる。

「んっ、はうぅっ……！　すごいわ、オマンコにチンポあたって、ゴリゴリ突かれて……はぅうっ……！　オチンポが、中でビクってしたわ……もう出そうなの？　ワタシのオマンコでイキそうなの？　あぁ、嬉しいっ……♪」

「くぅうっ！　ああっ、もう出ちゃうかも……シャノンさんのオマンコ、気持ちよすぎて！」

「あぁ、んはぁっ……出るの？　いつでもいいわよ、いつでもどこでも、濃いの出してっ、私に種つけしていいのよっ……♪」

シャノンは普段からは考えられない甘ったるい声で誘惑をして、膣内をギュウギュウ締めてくる。

「ほっ、本当に、もぅ、出るっ！　うあぁっ……！」

「んはぁあっ！　あっ……あぁああっ！　くるっ、きちゃうわ！　イクッ！　んはぁああああああっ！　あぁあああっ！　ふぁああああああああっ！」

里樹を逆レイプするように腰を滅茶苦茶に動かして、シャノンは絶頂する。そして、里樹も激しく促されるままに熱い白濁精液を迸らせた。

「んふぅっ、あふぅうっ！　精液、あっ、熱い……っ！　あぅううううううっ！」

この場にいる全員が連動するように、綾香と千莉、ななみも同時に絶頂を迎える。

「んくっ……わ、私もイクッ……！　んくうううううううっ!!」

「ああ、イクッ……！　あぁあっ、ふぁっ……はあぁあああっ！」

「はぅぅぅぅ！　らめですっ、いっちゃいますっ、はうううううううっ——！」

全員が潮を噴き出して、教室内は淫らな匂いに包まれてしまうのだった。それとともに、満足した妖魔たちは次々と彼女たちの体内から出て行って、教室の窓から去って行ってしまう。

（ちょっ……まだ全員とセックスしてないのに……！　くそっ……せっかく全員に挿入できると思ったのに……）

次々と目を覚ましていく美少女退魔士たちを見ながら、里樹は不完全燃焼な気持ちになっていた。

# 第六章　四股《よつまた》でもラブラブセックスができる都市伝説

その夜。里樹は自宅に帰ると、『惑わしの書』を開いた。

（『魔の教室』は中途半端になっちゃったからな……やっぱりこのままじゃ終われないぜ。よし……新たな都市伝説を書き加えることにしよう！）

里樹は、全ての美少女退魔士たちに肉棒を挿入するために、さらなる都市伝説を作っていった。

（よし！　場所も時間も細かく指定したし、これで完璧だ！　『四股《よつまた》でもラブラブセックスができる都市伝説』。これで、全員と確実にラブラブセックスができるはずだ！）

＊　＊　＊

翌日。里樹は早起きして教室へやってきた。教室には里樹以外誰もいない。

そこへ——。

「おはよう、里樹。今日はずいぶん早いんだな」

クラスが違うはずの綾香がやってきた。

「里樹、ちょっと部室に来てくれないか？　私とラブラブ中出しセックスをしよう」

綾香の言葉は、里樹が『惑わしの書』に綴った台詞そのままだった。綾香のために書いたネタが、現実に起きようとしているのだ。

（そうだよな。妖魔を使うだなんてまどろっこしいことせずに、こうして最初から狙った相手とセックスできる都市伝説を作ればよかったんだ！）

里樹は綾香と手を繋ぐと、一緒に部室へ向かった。


「さあ、里樹。私と一緒にラブラブ中出しセックスをしようじゃないか」

綾香は自ら仰向けになって、両脚を広げた。ピンク色のショーツが露わになるとともに、甘い香りがする。

「あ、綾香……ホントにいいんだよね？」

「当たり前じゃないか。不安に思うことがあるのかい？　さあ、里樹。キミのチンポでラブラブ中出しセックスを始めよう。前回はシャノンにおいしいところを持っていかれてしまったからな」

妖魔が介在しないただのセックスは、もはや都市伝説とは呼べないかもしれない。しかし、もうそんなことはどうでもよかった。それは、綾香もきっと同じだ。こうして何度もエッチなことをしたことで、お互いのことが心から好きになっているのだ。

里樹はこちらを見つめて優しく微笑んでくれる綾香に、胸がいっぱいになった。不幸体質で、囮として使われるだけだった自分が高嶺の花の綾香とラブラブ中出しセックスができる日が来るだなんて思わなかったのだから——。

「ふむ、相変わらず大きいな、里樹のチンポは……ふふっっ……見ているだけで、たまらなくなってくる……」

里樹がズボンから肉棒を解放すると、綾香は妖艶に微笑んだ。

「苦しくないのかい？　そんなに膨れて……はぁ、はぁっ……ズボンから取り出すのも、苦労しているじゃないか」

「綾香のことを考えると、こんなになっちゃうんだよ」

「ふふ、嬉しいことを言ってくれる。やはりキミを選んだ私の目に狂いはなかった。里樹と私の身体の相性はバッチリだからな。本当に……キミのモノは大きくて、太いな」

「綾香のオマンコも十分エッチだよ。いつもあんなに絡みついて、締めつけて……俺、すぐにイッちゃいそうになるもん。そ、それじゃ、始めるよ？」

「ああ、里樹の好きにしていいぞ、私の身体」

妖魔が介在しないことで、ゆったりと愛を確かめあうことができる。里樹は綾香の制服に手を伸ばして上着をはだけさせていった。

「私の胸は、シャノンほどのものではないが……」

露わになった胸はほどよいサイズで、なによりも形がいい。かわいらしくて美しい膨らみに、里樹は目を奪われた。

「ふふっ……あまりじっくり見られると、恥ずかしいものだな……私の貧相な胸回りを披露して……申し訳ない」

「いやいやいやいやっ！　全然っ！　綾香は美乳で魅力的だよ⁉　ほらっ、俺の股間もこんなに反応してるし！」

里樹は熱を帯びた肉棒を、ショーツ越しに綾香の股間に押しあてた。

「はぅうっ……あ、あぁっ……やっぱりチンポは熱いな……こうしていると……はぅっ、んぅ……火照ってきてしまう……」

綾香は軽く息をつき、はにかんで見せた。その表情に、里樹は胸が苦しくなるほど高鳴ってしまう。

「お、俺のチンポがこんなになっているのは、綾香がかわいいからだよ！　おっぱいだってキレイだし、むしゃぶりつきたいくらいだし……！　だから、ほら、こんなふうに……もう我慢汁が出てくるぐらいだし……腰が勝手に動いちゃうぐらいだよ！」

「ンッ……はぅっ、はふぅうっ！　そ、そうなのか……？　それは、嬉しいな……あ、あんっ……んぅうっ……」

里樹はカウパー液をこすりつけるようにして、綾香のショーツに亀頭を押しあてる。

「それじゃあ……綾香と、ラブラブセックス、してもいいかな？」

「ふぅ、はふうっ……もちろんだ、里樹……よろしく頼む……」

綾香は瞳を潤ませて、火照った顔で笑って見せた。

そんな表情を見せられたら、もうたまらない。

里樹はショーツをずらすと、肉棒を膣内に挿入した。

「あふっ、はふぅっ！　ぁあ、私のオマンコに、里樹のチンポが……ぁ、あぁっ……」

待ち焦がれていたのか、すっかり膣内は熱くなって濡れていた。

「はぁ、はぅ……んふぅっ……！　ぁあ、里樹……！　里樹のチンポが……ぁあ、熱くて……はうっっ、んぅっ……はぅううっ！　ふぁあ、あはぁっ……」

里樹は硬く屹立した肉棒を、突き上げるようにして抽送していく。それとともに、グチュグチュという淫らな音楽が奏でられて互いの官能を煽っていく。

「あぁあああっ！　うぁ、んはぁあっ！　来てるっ……チンポが、あふっ……奥まで届いてる……ぁ、んはぁあっ！　はぁ、はぁあっ……こんなに熱くなっていたんだな……

里樹のチンポは……ふぅ、はふぅうっ……！」

「綾香のオマンコだって、すごくトロトロだよ……！」

妖魔退治のときのセックスとは違って、お互いに言葉と性器で感じあう余裕があった。その恥ずかしくて嬉しい感じは、まさに恋人同士のセックスだ。

「もっと、動いてもいいよね？　綾香」

「ああ、里樹……キミの好きなようにしてくれ……いっぱい、私のオマンコを突いて……愛してくれっ」

綾香の恥ずかしい言葉に、里樹の腰は自然に加速してしまう。

膨れ上がった亀頭は何度も子宮にノックを繰り返して、さらに奥まで入りこんでいく。

「はぅ、んぅっ、うくっ……！　来てるっ、里樹のチンポが入ってきてるっ、あふぅうっ……ああンッ、んぅ、くぅうんっ！　ふぅ、あぁ……ぁ……ゾクゾクする……はうぅっ」

綾香は甘えた鳴き声を出しながら、里樹を熱っぽく見つめる。

「はぁ、はぁ……はふっ……ほっぺたがくっつきそうなぐらい近いな……んぅ、あんっ……はぁ、はぁっ……んあぁっ……オマンコが、また熱くなっていて……チンポとこすれて、ぁふっ……とろけそうだ……」

お互いに欲情しながら、腰をこすりあわせる。その動きで、快楽が幾重にも増幅されていくばかりだ。

「あ、綾香、もう少し動くよ。いい？」

里樹は、直線的なピストン運動を繰り出した。先ほどよりもさらにほぐれた膣内は、根元まで肉竿を受け入れてしまう。

「くぅうっ……！　はふっ……あっ、あぁああっ！　里樹のチンポ、奥までズンズンくるよっ……うぁ、あっ……はぅううっ！　はぅっ……！　うあっ、んくぅうっ！　ま、待ってくれ、もう少しゆっくり……んぅっ、はふううっ！　こ、これでは、感じすぎてしまう

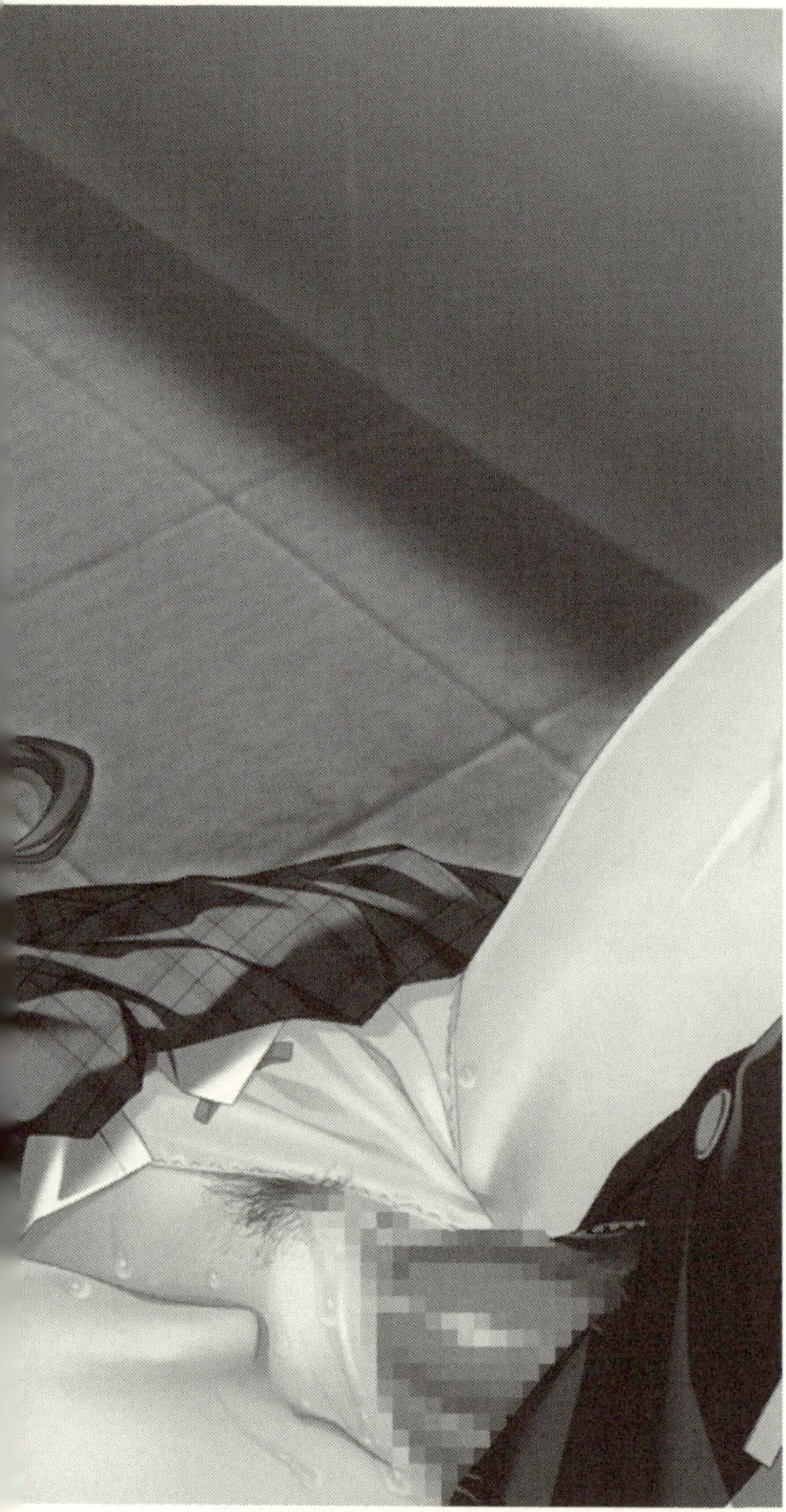

っ……あぁぅ、んくぅっ、んんああっ！」

「ああでも、止まらないんだっ。綾香のことが好きすぎてっ……！」

「ふふっ……キミは本当に女たらしだな……うあ、あっ……くぅっ、そ、そこは、はぅうっ……だめ、だ……本当に、よ、弱いんだ……あううっ……」

「どこが弱いの？　綾香、俺に教えてよ」

「はぅっ……うぅうっ……自分でも、よくわからないのだが……んぁ、あっ……オマンコの、途中の、辺りだと、思う………あうっ」

綾香の悶える姿を楽しみたくて、里樹は肉棒を少し引き抜いてから膣道の真ん中辺りを重点的にこすり上げてみた。

「ふぁあっ！　んぁ、んはぁっ……そ、そこ……し、痺れて、ぁふ、ふぅうっ！　ああぁっ、すごい、ビリビリくるっ……んあぅうっ……！　んぁ、あっ……はぅううっ！」

どうやらGスポットと呼ばれる部分が弱いらしい。

(こうやってじっくりセックスすると、いろいろと発見があるものだな……)

里樹は綾香の気持ちいい場所を発見できたことに、今までにない充実感を覚えていた。

「でも、あまり刺激が強すぎると痛かったりしない？　綾香」

「ふふっ……平気だ……里樹に抱かれていれば、火照りはしても、痛みなんて感じるわけないだろう……好きな相手なのだからな……」

綾香は頬を赤らめると、愛を伝えるように膣襞を収縮させてきた。

「ああ、綾香っ……！」

里樹は愛しさを爆発させながら、腰の突き上げを激しくしていく。

「はぁ、はぁあっ……！　里樹っ、激しいっ……！　あぁあぁっ！　チンポが熱くなって、んぅ。はううっ……こすれて……んはぁっ！」

「綾香、俺とこれからもつきあってくれる？　こうしてずっとずっとラブラブセックスしてくれる？」

絶頂間近になって、里樹は改めて綾香の意思を確かめる。

「もちろんだ……里樹と一緒に、これからも、何度でも、ラブラブなセックスをして……深いつきあいを……はぅ……んふぅっ！」

綾香は迷うことなく、こちらの望む答えを口にしてくれた。

「そうだよね、綾香！　俺たち、ずっとラブラブ中出しセックスしなくちゃね！」

「ッ……！　はふ、んふぅっ！　はぁっ、はぁっ……あぁ、あっ……そうだ、私たちはずっと、ラブラブ中出しセックスをするぅっ……！」

声を上ずらせながら、綾香は愛を誓った。

里樹は興奮のままに激しく肉竿ピストンをしてクライマックスへと駆け上がっていく。

「はぁああッ……！　ぁ、んはぁぁっ……また、オマンコがトロトロに……ふぅっ、はふぅ、うっ……あぁっぅ、んくっ……里樹、チンポが、エラが、こすれてるっ……ぅ……ふぁ、あぁあっ！　里樹っ、里樹……あぁああっ！」

綾香の膣襞も肉竿に食いこむぐらいに絡みついて、精液をおねだりしてくる。

ふたりはお互いの性器を摩擦しながら、快楽の終着点へと向かっていった。

「あぁ、はぁあっ！　あぁっ、身体が……オマンコが熱いっ……はぅうっ！　里樹っ、私は、もう限界だ……」

「俺も……もう出るよっ……綾香っ……！　一緒にイこうっ！」

里樹はこれまでの思いの丈をぶつけるように、最後の力を振り絞って腰を振る。

「はぅうううううっ！　んぁ、んはぁあぅっ！　里樹っ、里樹ぃっ……！　ああっ、好きだっ、イこうっ、一緒にっ！　いっ、いくっ、いっくぅうううううううっ！」

頭が真っ白になるような快楽とともに、里樹と綾香は同時に達した。

「あああっ、うあぁっ、綾香っ……綾香っ……！」

「ああっ、里樹のが、いっぱい、出てるぞっ……私の、オマンコに……！　はぁあっ、んぁあああああああっ！　うぁ、んはぁあぁあ……っ！」

里樹は綾香の悦ぶ姿にこの上ない充足感を覚えながら、何度も精液を放ち続けた。

その勢いはすさまじく、結合部から大量に逆流してくるほどだ。

「あぁっ、すごいな、里樹っ……！　もう、私のオマンコの中、きっと子宮の中も、里樹の精子でいっぱいだぞ？　ふふっ……う、んぅうっ……♪」

「綾香のオマンコが気持ちよすぎて……でも、まだまだ出そうっていうか、勃起が収まりそうもないよ……ちょっと休んでから続きをしようか？」

「ふぅ、んふぅっ……ふふっ、本当にキミは頼もしいな……♪　やっぱり、私の選んだ男だけある……♪　もちろん、私もまだまだ里樹とラブラブ中出しセックスをしたい……」

綾香は頬を上気させながら、穏やかな笑顔を浮かべていた。

乱れた髪と、発散される甘い匂い、肉竿に愛を訴えるように繰り返す収縮。その全てが、里樹の肉棒を再び硬くさせていくのだった——。

＊　＊　＊

（……昨日は綾香とラブラブ中出しセックスを達成できたからな……今日は、千莉の番だ。はたして、どうなるか……ちゃんと、『惑わしの書』の通りにうまくいくかな？）

里樹は放課後の教室で、千莉が話しかけてくるのを待っていた。

クラスメイトが次々と帰り支度を始める中——。

「……守沢くん、実は、お願いがあるの。ちょっと、一緒に空き教室に来てもらってもいいかしら？」

千莉は顔を赤くして、もじもじしながら話しかけてきた。

「ああ、いいよ。一緒に行こう」

里樹は全てがうまくいっていることを感じながら、千莉と一緒に空き教室へ向かった。


「それで、風宮さん？　お願いってなにかな？」

里樹が尋ねると、千莉はいきなりこちらの腰に両手を回して抱きついてきた。

「……はぁ、はぁ……ごめんなさいね、いきなり……。でも、オチンポが、ほしいの……どうしても、守沢くんのオチンポがほしくて……我慢できなくて」

千莉は瞳を潤ませながら、必死に懇願してくる。

「……今なら、誰もいないし……大丈夫。守沢くん……お願いっ。ここで私とエッチしましょう」

かつての真面目な千莉からは考えられないことを口にする。これまでのエッチで、すっかり彼女も性に目覚めてしまっているのだった。

もちろん、里樹の答えは決まっている。

「ああ、しよう、風宮さん……。俺と、ラブラブ中出しセックスを」

「あぁ、嬉しい……守沢くん……好き……」

千莉は瞳をとろんとさせて、股をもじつかせた。

「はは、本当に我慢できないみたいだね……それじゃ、始めようか」

里樹は学生服のズボンを脱いで肉棒を露出する。そして、千莉の太ももを両手で持ち上げると、駅弁を運ぶような体位にした。

「あんっ……こんな格好……んっ……はぁあ……」

千莉は驚きと恥ずかしさの混じったような表情で、わずかに身体をよじらせた。しかし、すぐに甘えるように顔を押しつけてくる。

「もう……こんなの校則違反よ？　あ、んっ……ちゅっ……♪」

里樹は千莉にキスをしながら、勃起した肉棒をショーツに押しつけた。

「あぁっ、里樹のオチンポ、すごく熱いわ……触れているだけなのに、もうこんなに硬くなっているのね……」

「ああ、風宮さんっ……」

「千莉って呼んで……ね、守沢くん……」

以前の『魔の交差点』のときもそうだったが、千莉はどうしても自分の下の名前で呼んでほしいようだ。

「俺は名前で呼んで……そっちは守沢くんのままなの？」

「だって……そのほうが慣れてるから……だめ？」

「だめじゃないけれど……ん、ちゅっ……んむっ……」

里樹は尋ねながらも、キスをかわしていく。

昔は小うるさいだけの委員長という印象しかなかったのに、一緒に都市伝説研究部の活動をするうちに、すっかり彼女のことを好きになっていた。

「じゃあ、呼んでみるかな……千莉」

下の名前で呼ぶと、千莉は頬を緩めた。

「ああ、嬉しいわ……ん、ちゅっ……ちゅ、ちゅぷっ」

千莉は身体を密着させると、唇を塞ぐようなキスをしてきた。真面目な女の子ほど、心を許した相手には大胆な行動になるようだ。

「んんっ……千莉、そんなに動かないでよ。落としちゃうよ……」

「じゃあ……ひとつに繋がればいいんじゃないかしら？」

千莉はいたずらっぽく言うと、下半身をもじつかせた。ショーツ越しにも、割れ目が濡れたことが里樹にはよくわかった。

（あれだけ真面目な千莉がここまでエッチになるんだから、都市伝説の力ってすごいよな……まぁ、妖魔退治を兼ねてエッチなことをしまくったのも効果あるんだろうけど……）

里樹の肉棒はますます硬さを増して、カウパー液を溢れ出させ始めた。

ふたりは、ショーツをそれぞれの発情液ですっかりグチョ濡れにしていた。

「ああっ……守沢くんのオチンポ、本当に立派なのね……はぁ、はぁっ、こうしているだけでも……ドキドキしちゃうわ……どんどん濡れてきちゃう……」

「千莉のアソコだって、すごいエッチで魅力的だよ……俺も、我慢汁出るの止まらないし……腰も動いてきちゃうし」

里樹は腰を動かして、ショーツ越しに割れ目をこすり上げていく。

「あんっ、あはぁっ……守沢くんの、オチンポ……ショーツ越しなのに……私、変な気分になっちゃう……はうっ」

「たぶん、それが当たり前なんだと思うよ。俺も、千莉とエッチなことしたくてたまらないし……」

里樹と千莉は熱い吐息をかわしながら、お互いの性感を高めあっていく。

「はぁ、はぁっ……守沢くん、ぁあ、守沢くんの熱いオチンポ……また膨らんできているわ……はぁ、はぁっ……も、もう……これ以上、焦らさないで……」

千莉はもう我慢できないとばかりに、瞳を潤ませて訴えてくる。

「わかったよ、それじゃ、千莉のオマンコに、俺のチンポ入れるからね」

「あぁ、嬉しいわ……守沢くんのオチンポが、私の中に入るのね……はぅ、んぅうっ……」

里樹は千莉のショーツをずらすと、グチョグチョになった割れ目に亀頭を押しあてた。

「はぁぁ……んんっ、か、守沢くんのやりたいようにして……はぁ、はぁっ……私のオマンコ、思いきり犯してっ」

発情しきったおねだりに、里樹は肉棒の挿入をもって応えることにする。千莉の身体を抱え直しながら、一気に腰を突き上げた。

「んぅうっ！ ふ、ぁあ、あぁあ……っ……！ あ、ぁっ！ オチンポ、熱くて……はぁ、はうぅっ！ 硬くて、き、気持ちいいっ……！」

千莉は感極まったような表情を浮かべて、全身をブルつかせた。

「はふぅっ、ふぅうっ……！ ぁあ、あっ……守沢くんのオチンポ、やっぱり熱くてっ……すごく硬くて……太くって……ぅあ、あぁんっ！ 本当に、すごいわっ……！ あんんっ、ふぁ、ああ……！」

そして、里樹のほうも千莉のオマンコの気持ちよさを肉竿全体で感じていた。

「こっちもすごく熱くて、締めつけて……最高だよっ……千莉のオマンコ、やっぱり俺との相性がバッチリだ」

「あんっ……う、嬉しいっ……は、ぁ……あ、ぁああ……あぁっぁあぁあああっ！ も、もう、入れられただけで……イッちゃいそうっ……ん、ふぅっ……あんんっ！」

千莉はこちらにしがみつきながら、身体をブルブルと震わせた。どうやら、軽く達して

しまったようだ。

「はは、千莉は本当にエッチだな……じゃ、もっともっと気持ちよくしてあげるよ！」

里樹は千莉をさらに乱れさせるべく、腰を振り動かし始めた。

「ん……ぁあっ！　や、今……動いたら……あ、は、ぁああ！　うそっ……また、大きくなってるっ……んんんっ、ふあ、あ……はぁあっ！　これ、すごいわっ……奥まで、あたって……あ、ん……や、ぁあんっ！」

駅弁の体位によって、肉棒はいつもより深く入りこんでいた。あるいは経験が浅いと痛かったかもしれないが、千莉のアソコはすっかり里樹の肉棒に馴染んでいた。

「ひぅっ！　ん、ぁ……はぁああっ！　あぁんっ、……守沢くんのオチンポ、すごいのっ、子宮にあたってるっ……んぁあっ！　はぁあっ！」

「俺も、すごい気持ちいいよっ……亀頭に子宮口がすごい食いこんでるっ……！」

「ふあぁ……ぁああっ！　守沢くんっ、守沢くんっ……はぁあ、あ、ああぁあっ……！」

千莉は自らも腰を動かして、肉棒を膣内でしごき上げる。その体重をかけた抽送は里樹に膨大な快楽を与えてくれる。

「うああっ、すごいよ、千莉……そんなに、動かれたらっ……くううっ！」

里樹は千莉を落とさないように必死に抱きかかえながら、負けじと腰の突き上げ運動を繰り返していく。

「あふぅうっ！　はふぅううっ！　あぁ、すごいわっ……こんなに力強く突かれたらっ……オマンコ、おかしくなってしまいそうだわっ……！　あ、はぁあ、あ、ぁあ！」

腰を振るたびに、どんどんお互いのことが好きになっていくかのようだった。もう気持ちを抑えることができない。そうなると、言葉が自然と口から出てくる。

「ねえ、千莉……俺たち、これから、つきあっていけたらいいって……そう思わないか？　これからも、いっぱいふたりで……エッチなことしよう」

里樹は腰を動かしながら、千莉を口説いていく。

「あんっ、もちろんだわっ……守沢くんがそう言ってくれるなら、私っ……私はいつでも、どこでも……あなたとエッチするわっ……！」

千莉は瞳をとろんとさせて、嬉しそうに愛を誓った。

（よし、これで千莉も、俺のものだ……！）

里樹は興奮のままに腰を振りまくり、千莉の膣奥深く肉棒を抽送しまくる。

「ぁ、ぁあああぁあっ！　すご、ぃ……こんなの……あ、はぁあ、あぁあああっ！」

必死にしがみついてくる千莉を抱きしめながら、里樹は限界を突破してもなお腰を振りまくる。

「はぁ、ぁあああぁあっ！　中……子宮に、届いて……あ、ああぁあ、はぁあ、ぁあああっ！　もうっ、ダメ……イッちゃう……守沢くんのオチンポでっ……ああ、あ……あ、ぁああ！」

　里樹は頭が真っ白になりながらも、腰を激しく突き上げて子宮口に肉棒をはめこみ、思いっきり射精した。

「あぁっぁあぁあぁぁあああっ！　イクッ……い、いくぅうぅうっ！　んはぁあっ！　あぁ、熱……っ！　はぅうっ！　あああああああんっ！」

　ドビュドビュと精液を放つたびに、千莉は里樹のことを強く抱きしめ返す。そして、何度も射精を繰り返すうちに、徐々に千莉の膣内のうねりは大きくなっていき——。

「んっ……ぁあぁああぁあぁぁああっ！　だ、だめぇええっ……出ちゃうっ……や、ぁぁあああぁあああああっ！」

　千莉はガクガクと身体を震わせながら、精液を注ぎこまれたお返しのように盛大に潮を噴き始めた。

「ぁあああ……と、止まらないのっ……！　んはぁあぁあ……！　はぁああ……！」

　すっかりお互いの制服はビショ濡れだ。しかし、そんなことは今のふたりはまったく気にならなかった。

「守沢くん……ん、ちゅ……守沢くぅん……♪　ちゅっ、好きっ……大好きよっ……♪」

「ああ、俺も、千莉のこと、好きだよ……愛してるから……」

　ふたりは繋がったまま、愛を確かめあう熱い口づけをかわしていく。

「ねえ……もっと……ん、ちゅっ……もっともっと守沢くんのオチンポがほしいの……ん、ちゅ、ちゅっ……ん……」

　すっかり発情した千莉は、甘えた声でおねだりをしてくる。

「ああ、俺も、もっともっと千莉としたい！」

　里樹は千莉の背中に手を回して優しく撫でた。

「千莉……好きだよ……ちゅっ……」

「あぁ……守沢くん……ちゅうっ……んちゅうっ」

　愛欲にとろけた千莉と、里樹は熱い口づけをかわし続けた。

「んはぁ、はぁっ……ああ、ありがとぉ……守沢くん……私、幸せよ……」

　やがて、満足した千莉は里樹の胸に顔を預けた。

「俺のチンポ、そんなに気持ちよかった？」

「ぅふ……んふ、ふ……恋人との駅弁ファック……本当に気持ちよかったわ……ぅはっ、あはぁっ……♪」

　あれだけ真面目で厳しかった委員長も、すっかり里樹の肉棒に首ったけになっているのだった。

＊　　＊　　＊

(綾香と千莉だけじゃなく、ななみともラブラブ中出しセックスをしようっていうんだから、俺も欲張りな男だよなー……)

里樹は、『惑わしの書』に記した内容を思い出しながら部室に向かっていた。

「俺の書いた台本通りだと、そろそろだが……おっ、来た来た」

里樹の背後から、駆け足で誰かがやってくる。

振り向くと、思った通りにななみがいた。

「はぁ、ふぅ……あ、あのっ……か、守沢先輩。お話があるですっ……ちょっと、ななみと一緒にお外に出てほしいですっ……」

「部活のことかな？　ここじゃダメな話なの？」

「そ、それは、そのっ……お、お外に……お外じゃないと……ダメなんですっ……」

ななみは顔を赤くしてもじもじしていた。彼女がこれから告白をしようとしているのは、明らかだった。

(やっぱりななみはかわいいな……こんなに一生懸命で……)

「わかった。じゃ、一緒に行こうか」

「あ、ありがとうございますですっ……！」

里樹は全てが台本通りに進んでいることを感じながら、ななみと一緒に校舎を出た。

「あ、あのっ……守沢先輩……こ、こっちに……こっちに来てほしいですっ！」

運動場まで来たところで、ななみはこちらの手を引っ張ってくる。そして、学園の敷地に隣接する雑木林に向かった。

そして、ななみはきょろきょろと辺りを見回して誰もいないことを確認すると、小さく息を吐いてから、瞳を潤ませて告白を始めた。

「はぅうっ……せ、先輩っ……ななみは、ななみはっ……先輩のことが、好きみたいなんですっ……守沢先輩、お願いですっ……な、ななみと、つきあってくださいっ……」

ななみは制服の裾を握り締めると、さらに思いの丈をぶつけてきた。

「ななみっ……先輩のことが頭から離れなくて、ずっとずっと胸がドキドキしてるですっ……はぅうっ……守沢先輩っ……ななみ、どうしたらいいですかっ……？」

『惑わしの書』の効果もあるだろうが、ななみ自身の心境にも変化はあるはずだ。あれだけ妖魔退治で濃厚なセックスをしたり見たりしていれば、どんなに奥手な女の子でも性に目覚めてしまう。

「立川さんは本当に俺とつきあいたいの？　俺のどこがいいの？」

「そ、それはっ……あのっ……ななみは、ななみは……とにかく好きなんですっ……！

よくわからないですけど……守沢先輩のことが大好きで、好きで好きでたまらなくて……

助けてくださいっ……！」

すでに身体のほうは発情状態になっているようだった。ななみは太ももをもじつかせて、せつなそうにしている。自覚はなさそうだが、実際は、好意以上に性欲が高まっているに違いない。

「わかったよ、立川さん。それじゃあさ。オーケーの返事の代わりに、ここでエッチなことしない？」

「えっ……？　えっちですか？　ここで、えっちいことを……ですかっ？　せ、先輩……本当に、するですかっ？」

「恋人なら、エッチくらいするだろう？　誰もいないし、大丈夫だよ。イヤならエッチもつきあいもやめるけど？」

『惑わしの書』の効果によって、ななみは恥ずかしがっても、絶対に嫌がったり拒否したりすることはない。逡巡した様子を見せたものの……最後には黙って頷き、こちらに身体を預けてきた。

（ははっ、やっぱり『惑わしの書』の力はすごいな……！　『放課後の告白とラブラブ中出しセックス』もこうして実現可能なんだから）

里樹はななみの小柄な身体をくるりと回してバックの体位にすると、両手でお尻を揉みしだいていく。

「は、はぅうぅっ……せ、先輩……あぁんっ……先輩……はぅ、んぅうっ……揉み方が、えっちいですよぉ……ひぁあ、そんな、お尻っ、揉まないでくださいっ……」

「いやぁ、立川さんがかわいいからさ。つい、いたずらしたくなっちゃうんだよ」

里樹は小さなお尻を執拗に揉みしだいていく。そうしているうちに、ななみは下半身を露骨にもじつかせ始める。

「はふぅ、んふぅうっ……アソコ、熱いですぅっ……はぁっ、はぁっ……」

「お尻触られて感じちゃったんだ。ほら、俺も……立川さんのお尻触ってたら、こんなに大きくなっちゃってるよ？」

里樹は、ズボンを押し上げるほどに勃起した肉棒をななみのショーツに押しつけ、こすりつけていく。

「はぅぅっ……！　せ、制服越しなのに、おちんちんの感触が……ぁあ、んはぁっ……あふぅぅ……ムクムクしてて、すごいですっ……」

ななみは身体を震わせながら、声を上ずらせていく。顔は上気して、ますます発情の色を強めていく。

「はううぅっ……お、お外で、こんなにえっちいことをしちゃうなんて……バレたら大変なことになっちゃいますぅっ……ん、ぁああ……」

しかし、嫌がる素振りはまったく見せない。誰かに見られるかもしれないというスリルが、ななみの興奮を煽っているかのようだった。

「万が一、誰かに見られちゃってもさ、逆に見せつけてやるぐらいのつもりでいたらいいんじゃない？」

「みっ……見せつけるっ⁉　そ、そんなことっ……！　は、はうぅっ……だ、だめですっ、そんなことは……い、いけないことですっ……でもっでもっ……はぅぅぅ……」

驚いたような声を上げながらも、ななみは満更でもなさそうに見えた。意外に露出性癖があるのかもしれない。

「それじゃ、立川さん？　そろそろ恋人Hしようか？」

気分が盛り上がってきたところで、里樹は爽やかな笑顔で声をかける。

綾香と千莉を落としたことで、里樹の心には余裕があった。だんだんと、どんなふうに女の子を誘導していけばいいのかわかってきたのだ。

(こういうときは、極力優しく爽やかに。そして、ちょっと恥ずかしいような台詞も口に出すのがポイントだな。なんか俺、本当に女ったらしみたいだ……)

里樹はななみを安心させるように背中を撫でてから、ズボンのチャックを下ろして肉棒を露わにした。

「ほら、楽にして。下着、脱がすからね……？」

「は、はぅぅ………は、はい……ですっ……」

　里樹はななみのショーツをずり下ろしていった。そこから現れたのは、エッチなお汁で濡れ濡れになった一本筋だ。

「はぅぅ……は、恥ずかしい、です……そ、その……剃ってるとかじゃなくて、ななみっ、お股に毛が生えないんですっ……」

「そうなんだ。でも、気にすることないんじゃないかな。立川さんのアソコ、とても綺麗で、かわいらしいよ」

　妖魔退治のときはじっくり見る機会がなくて気にしなかったが、こうして天然無毛のオマンコを目の前にすると、興奮が高まってくる。

「そ、それじゃ、入れるからね？」

　里樹は硬度を増した肉棒をななみの割れ目に押しあてると、力強く侵入させていった。

「はぅうっ！　んはぁ、はぁっ……先輩のおちんちんっ、熱いおちんちんがっ……ななみのアソコにぃっ……入ってきますっ……ぅ、はうぅぅうっ！」

　ななみはブルルッと身体を震わせながら、男根を受け入れていく。見た目は小さな割れ目でも、しっかりと女性器としての役目を果たして肉竿を奥まで呑みこんでいった。

「うぅ、はうっ！　先輩の……太くて、硬いおちんちん……ななみのオマンコの奥までっ、入っちゃいましたっ……」

「立川さん、おちんちんじゃなくてさ、オチンポって言ってみなよ。おちんちんって、なんか子供っぽいし」

「は、はぃ……わかりましたっ……んぅうっ、先輩の、オチンポ……こすれて熱いですっはぅ、んぅっ……オマンコ、ジリジリしちゃいますっ……んぁ、はぁっ、よかったです……先輩のオチンポ、中に入って……はぁ、はぁあっ……♪」

ななみは嬉しそうに息を弾ませた。こうして繋がれたことに、この上ない幸せを感じているようだ。

「んふぅっ……やっぱり、先輩の……熱いですっ……はう、はぅうっ……おちんち……オ、オチンポッ……ななみに埋もれてるですっ……」

狭い膣道は、キュウキュウと肉竿を締めつけてくる。綾香や千莉よりも、締めつける力はかなり強い。

「それじゃ、これから、ちょっとずつ、ちょっとずつチンポ、動かして慣らしていくからね？　ほら、これは……どう？」

里樹は浄化のときにはできなかった思いやりのあるセックスで、ななみの心と身体をほぐしていく。

「はぅ、はふぅっ……オマンコ、ちょっと楽になってきたみたいですっ……んんっ、んぁ、あはぁんっ……」

締めつけるだけだった膣内が柔らかくなっていき、肉竿を優しくマッサージするように

蠢きだす。

「立川さんのオマンコの中、とても気持ちいいよっ……腰、どんどん動かすからね」

「はぅっ！　あっ……先輩ぃっ……はううんっ！　ぁあっ！　ちょっとだけ、はぅっ！　痺れる……ですっ……」

「大丈夫？　痛くない？」

「は、はいっ……！　ふぅ、はふぅっ……な、ななみは、大丈夫、ですっ……このくらい、平気、ですっ……んんっ！　ぁふぅぅうっ！　こ、こすれて、痺れて……熱かったりしますけどっ……ゾクゾク、するですっ……！」

瞳を潤ませ、身体をブルつかせて感じるななみに、だんだんと里樹は腰の動きをセーブできなくなってくる。

「はぅっ！　んぅうっ！　あっ……前より、強いです、強くて、んはぁ、はあっ、熱いですっ……！　んくっ！　ぅはっ、ふぁああっ！　オチンポっ……深く、えぐってますぅっ……！　んぁあぁっ！」

もはや手加減はできなかった。里樹はななみの狭くてキツい極上の膣道を味わうために、夢中で肉棒を抽送していく。

「ねぇ、ななみは俺のこと恋人だと思ってくれる？　またこうやって、こっそりエッチしてもいい？」

高ぶりながらも、里樹はあえて下の名前を呼んでななみに尋ねる。すると――。

「はぅっ……せ、先輩ぃっ……！　ななみは、先輩とこれからもえっちいことしたいですぅっ……！　な、ななみは、先輩の恋人……です……よね？」

ななみは下の名前で呼ばれた嬉しさと快楽のあまり泣きそうな表情になりながら問い返してきた。

もちろん、里樹の言葉は決まっている。

「ああっ！　もちろんだ！　これからもいっぱいえっちいことしようなっ……！　好きだよっ、ななみっ！」

里樹はななみに応えながら、激しく腰を使って突き上げていく。軽いななみの身体はそのたびに浮き上がった。

「ひぁぁああっ⁉　それ、すごいですっ……！　先輩のが奥まで……ふぁ、あ、ぁあぁあああっ！　ひ、ふぁ、あ……あぁぁああっ！　イッちゃうっ……なな み、イッちゃいますぅっ……！　あ、ぁはぁあ……あぁああ！」

ななみは頭を左右に振って、なにかがくるのを必死に抑えようとする。しかし、その機を逃さずに里樹は狭い膣道に肉棒をピストンしまくる。

「はぅぅうっ！　あんっ、ああっ、あっ、熱いのがっ……ふわふわしたのが、お腹の奥でっ……ぁ、はあっ……ああ、あ、ぁぁああ……だ、だめですっ、ひいぃっ、いっちゃいますっ、ななみっ、先輩のオチンポで、いっちゃいますぅぅうううっ！」

里樹は腰を突き上げて、マグマのように熱い白濁精液をななみの膣内に放った。

「はぅぅぅうんんん……っ！　はぁ、あぁああ……あ、熱いのがっ……いっぱい出てますぅっ……先輩の、オチンポからっ……はぁあ、はぁあああっ♪」

ななみはうっとりした表情になりながら、全身を震わせて精液を受け止めていく。

やがて——。

「ふあ、ぁ……っ、ぁあっ……だっ、だめですぅっ……で、でちゃいますっ……あぁあっ、オシッコ出ちゃいますぅぅうぅぅううぅぅっ……！」

ななみの表情がさらに弛緩するや、股間から透明な液体が噴き出し始めた。

ななみ自身は尿だと思ったようだが、それは潮だった。

「はぅぅううっ……ら、らめぇぇえ……見ちゃ、らめですぅっ……こんな……お漏らししちゃうの……あぁあ…ぁぁあああ」

取り乱したななみは、ほとんど泣きながら恥ずかしがる。その様子に興奮して、里樹は肉棒からさらに精液を噴き出し続けた。

「んふぅぅっっ……！　ふぁ……はぁ、あぅ……また、だ、出されてますぅ……！　先輩の精液出されながらっななみも、出ちゃってますぅ……！　はぁああ……ぁあ……はぅあああっ！　はぅぅぅぅっ……！」

ななみは幸せそうなアクメ顔を晒しながら、絶頂を迎え続けてしまう。

（ほんと、すごいイキっぷりだな……）

里樹は感心しながら、残りの精液もななみの膣内に注いでいった。そして、ななみが落ち着くまで背中を撫でてあげた。

「はぁあ……はぁああ………んんっ……あ、あの……これで、ななみは……先輩の彼女に……なれたんですよねっ……？」

ようやくのことで落ち着いたななみは、不安そうに尋ねてきた。

「ああ、ななみは俺の彼女だ。これからも、よろしくな！」

「はぅぅぅ……！　あ、ありがとうございますですっ……！　こ、これからも、よろしくお願いしますですっ……！　あはっ……ななみ、本当に、嬉しいですっ……」

里樹が頷くと、ななみは心の底から嬉しそうに微笑んだのだった。

＊　　＊　　＊

（さて……残りはひとりとなったわけだが……）

里樹は『惑わしの書』に記した内容を思い出しながら、廊下を歩いていた。すると、向こうから、シャノンがやってきた。里樹を見つけると、近づいてくる。

「リキ。ちょっと顔を貸してもらえるかしら？　話したいことがあるの」

やはり、『惑わしの書』の力は絶対だ。今回も里樹の書いたシナリオ通りに動いている。

「ん？　なに？　なんかあった？」

これまでのセックスで打ち解けた里樹は、敬語を使うことなく答える。

「ええ、その……ここでは話しにくいから屋上へ来てちょうだい」

里樹は全てがうまくいっていることを感じながら、シャノンと一緒に屋上へ向かった。


「リキ？　アナタはアヤカのことをどう思っているの？　好きなの？　この際だから、本音を聞かせてもらうわ」

屋上へ着くや、シャノンはいきなり尋ねてきた。

「……好きかって言われたら、そりゃあ人間として好きだよ。俺をこの部にスカウトしてくれたのも綾香だったし、まぁ、憧れのヒトっていうか……」

里樹が適当にはぐらかすと、シャノンは少し頬を赤らめてから、また別の質問をしてきた。

「リキ……あ、あの……このワタシは……どうかしら？　アナタはどう思っているの？　ワタシはアヤカと比べてなにか劣るのかしら？」

「……えっ？　好きだよ。人間としてって意味もあるけど、それ以上の意味でも……」

「ほ、本当なの⁉　リキ！　それは、アナタの本心なの？　そう思っていいの？」

シャノンは食いつくような勢いで、確かめてくる。

(千莉もそうだったけど……厳しかったり冷たかったりする女の子ほど、デレるときは一気にデレるんだな……)

そんなことを思いながら、里樹はシャノンに力強く頷いた。

「ああ、本心だよ。俺は、シャノンのこと好きだ」

「リキ、なら、ワタシとセックスをしなさい。恋人なら、愛情を確かめあうためにエッチするのが常識でしょう？　アナタのチンポを見せてちょうだい」

都市伝説の効果もあるのだろうが、元々シャノンはストレートなところがある。やはり、異国の女の子は性に対してアクティブなのだ。

「つまり、両思いだからエッチしようってことでいいんだよね？」

「そうよ、リキ！　ワタシとアナタは今すぐ結ばれるべきなの。さぁ、お互いのラブを確かめあうためにセックスをしましょう」

里樹はシャノンに引きずられるようにして、屋上の死角へと連れこまれて、押し倒されてしまった。

「さあ、観念しなさい、リキ！　ワタシたちは激しいセックスによって結ばれて、正真正銘の恋人同士になるのよ！」

シャノンは里樹の股間にお尻を向けてまたがると、激しく揺さぶって着衣素股を始めた。存在感のある大きなお尻とショーツ越しの割れ目にこすられて、肉棒は徐々に硬くなっていく。

「ふふっ……チンポはやっぱり正直なのね。始める前からもうワタシのオマンコに欲情しているだなんて……」

シャノンは淫らな微笑を浮かべると、手を伸ばしてズボン越しに肉棒を掴んだ。

「はぁ、はぁっ……この中に、太くて硬いチンポが収まっているのよね……？　リキのデカチンが……」

「う、ううっ……！　シャノン……」

「どう？　ムラムラするでしょう？　たまらないでしょう？　このワタシと、アナタ……ベストカップルだと思うわよね？」

「はうっ、うぅっ！　……その通りです。仰る通りです」

有無を言わせぬ迫力に、里樹は素直に同意するしかなかった。

「下着越しどころか、ズボン越しでも、こんなに熱いのが伝わってくるなんて……ホントにエッチなのね、リキは」

シャノンは妖艶で不敵な笑みを浮かべながら、肉棒を撫でさすってくる。

「そ、そのエッチな俺と、これから結ばれる予定なんだろ？　シャノンだって十分エッチじゃないか……」

「ふふっ……なかなか言うじゃない。リキのくせに……！　さて……それじゃ、生意気なチンポを拝ませてもらいましょうか？」

シャノンは舌なめずりすると、チャックを下ろして肉棒を取り出す。張り詰めていた肉竿は、ブルンッと勢いよく飛び出した。

「あらっ、すっかり元気じゃない……！　うふふっ、この絶倫な勃起チンポが、ついにワタシのモノになるのね……！」

シャノンは瞳を輝かせていた。それはまるで、肉食動物のような貪欲さを感じさせるものがあった。

（やっぱり、文化の違いなのかな……まぁ、大和撫子の奥ゆかしい感じも好きだけど、こういう開放的なのも悪くはないかな）

そんなことを考えているうちにも、シャノンは自らショーツをずらして、肉棒を割れ目にあてがう。

「さあ、行くわよ、リキ！　ワタシのオマンコ、とくと味わいなさいっ……！　ん、んんんっ！　あ、はぁっ！　んぁ、はぅううっ！」

シャノンは体重をかけるようにして、一気に肉棒を膣内に呑みこんでしまった。

「はぁ、はぁっ……ずっと待っていたのよ、これをっ！　リキのチンポを、ワタシのナカに、入れるのを……ふぁ、あっ、んはあっ……！」

シャノンは荒い息を吐きながら、腰をグラインドさせる。

「はぁあっ……！　これよっ……あぁ、この熱さ、この太さ……この感触……！　はぁ、はぁっ、んはあぁっ！　んふっ、ふふっ……ほら、中まで入ってるわよ、リキ……あぁっ、あはんっ……はふぅっ、根元まで……♪」

シャノンが腰を動かすたびに、結合部からはズプッ、ヌプッと淫らな音楽が奏でられる。

「あふぅっ、ふうぅっ……熱いチンポ、本当にたまらないわ……！　やっぱり、ワタシのオマンコとリキのチンポはジャストフィットするわね……♪」

他の女の子たちと違ってシャノンの膣道は広いものの、吸いつく力は断然上だった。そんなことに気がつくのも、妖魔退治抜きでじっくりとセックスができるからだ。

「うふふ……どう、リキ……ワタシのオマンコが、一番気持ちいいでしょう？　リキの熱いチンポ……このワタシが、ちゃんとしごいてあげるわね？　ふふっ……ぅふふっ……♪」

シャノンは腰を持ち上げて肉棒をカリの部分から引き抜くと――。

「ふぅっ、はふぅっ……いいこと？　リキ……不甲斐ないアナタに代わって、このワタシが動いてあげる……！」

「くああっ……！」

猛烈な勢いで上下ピストン運動を始めた。

「うああっ、シャ、シャノン……！」

カリ首を乱暴に膣襞でこすりまくられて、里樹は情けない声を上げてしまう。

「んぅうっ！　はぁ、はぁああっ！　あぁ、リキのチンポ……！　んぅ、うぅうんっ！　たまらないのっ……！　身体が熱いわ……！　オマンコが疼いて、もっともっと、ほしくなるわ……ぁあっ！　もっと、もっと動かなきゃ……ふぅっ、んふぅうっ！」

シャノンは太さを増す肉棒をものともせず、激しすぎるハードピストンを続行する。愛液とカウパー液が勢いよく飛び散り、膣内温度が急上昇していく。

「はぁ、はぁっ……ぁあっ！　ああ、こんなにデカくして、生意気だわっ、リキっ……！　はふっ、んふぅうっ！　ワ、ワタシを、こんなに追い詰めるなんて……ぁあんっ！　こうしているだけでも、はうぅっ……心地よくて、ゾクゾクするわ……ふうぅっ、ふぅっ！」

シャノンは腰を振りながら、情熱的に里樹を見つめてきた。青い瞳は宝石のように美しくて、振り乱れる金髪はとてもゴージャスだ。

「はぅ、うぅっ……シャノン……これって、恋人同士のセックスなのかな……？」

「当たり前じゃない……はぁ、はぁっ……あらゆる欲望を恋人同士で貪って、受け止めてこそ、本物のセックスというのよ……！」

「うぅっ、くっ……！　でも、気のせいか、シャノンだけが貪ってるような気が……」

「ふぅ、はふぅっ……生意気よ、リキ……！　こんなにデカマラを勃起させて、ワタシのオマンコを拡げまくってるのに……気持ちよくないとは言わせないわっ！　んぅっ！」

シャノンは腰の動きを上下から前後に切り替えて、肉竿を小刻みに揺さぶり始めた。

「うあっ、シャノン、それ、いいっ……！」

「はぁあっ、あっ、あぁあっ！　うふふ、まだよ、まだ動くわ……！　精液を搾るまで、止められないわ……！　ふぅうっ、はんんっ、あぁあっ、んぅううっ！」

シャノンの腰の動きに、すっかり里樹は翻弄されてしまっていた。まるで犯されているかのようだったが、それも悪くないと思えてきてしまう。

「ほしいモノは、なにをしてでもほしくなるものでしょう？　だから、ワタシはアナタを全力で求めるわ……んっ！　んくぅううっ！　だって、こんなに気持ちいいチンポがあるんだもの……ぁあっ、あっ……んぅ、はぅううっ！」

南米のカーニバルを彷彿とさせる情熱的な腰振りに、里樹は暴力的なまでの快楽を感じさせられてしまう。

（シャノン……熱い性格だとは思ってたけど、恋人同士のセックスとなるとこんなに激しくなるんだな……！）

「はぅっ……！　んぅ、っふぅううっ！　いい、いいわ、リキ……！　気持ちいいっ！　リキのデカマラ、最高だわっ……！　ふぁあっ！　あぁあっ！」

「シャ、シャノン……！　お、俺とセックスで結ばれるのは今日だけか？　これからも、くぅっ……俺と、つきあっていく気はあるか？」

快楽に蹂躙されながらも、里樹はシャノンに尋ねた。他の女の子と同様、これだけはハッキリさせておきたかった。

「はぁ、はあっ……リキ……？　ワタシとのセックスが、これっきりだと思ってるの？ふぅ、んふぅうっ！　バ、バカなことを言わないでっ……！　はぁ、はぁっ、これからよ……今日をスタートとして、これからもずっと続いていくのよっ！　当たり前じゃない！アナタとワタシは恋人、セックスで結ばれた、運命のふたりなの。いいわね？　リキ」

確かめるつもりが、逆にシャノンから念を押されてしまった。それだけ、シャノンの想いはストレートで激しかった。

「さあ、いくわよ、リキ……！　一緒に、クライマックスへ向けて、駆け昇るのよ！」

シャノンはラストスパートとばかりに、腰の動きをスピードアップしていく。前後運動から、再び強烈な上下運動に変化して、精液を搾り取ろうとしてきた。

「くああっ、ああ、シャノン、いくよっ……！」

「んっ、んぅっ！　来なさい、リキ……ワタシと一緒に、快楽の高みへ……！　ぁあっ、熱いの漏れそうだわ……身体から、あぁ、溢れそう……はぅううっ！　ふぅ、はふぅうっ！あ、あんっ！　くるっ！　イクの……！　あぁ、あっ……リキ……！　イッちゃう、イクの！　い、一緒にっ……来てぇえええええええええええええ！」

「うあっあぁあああああああっ！　いくっ！」

シャノンの猛烈なピストン運動によって、里樹は精液を激しく爆《は》ぜさせた。膨大な量の白濁液がたちまち膣内を満たして逆流していく。

「あっ……あぁっ！　ぅあつっ！　熱いっ……！　んはぁあ、はぁああっ！　んはぁああっ！　チンポも、汁もっ……全部……んぅうううううぅうううううううっ！」

シャノンは激しく絶叫し、絶頂しながら、猛烈な勢いで潮を噴き出していた。

「あああっ、シャノン……！　くああっ！」

潮を肉竿に浴びせられた刺激によって、里樹は精液を何度も噴き上げ続けた。それは全て、シャノンの子宮に向かって吸い取られていくかのようだった。

「はぁあっ、あぁん……！　届いてるわ、リキ……あなたの精液……！　うふふ、アナタは本当に幸せ者だわ……！　このワタシといつでもセックスできるんですもの♪」

自信に満ち溢れたシャノンの笑顔に、里樹は安心して身を委ねながら、なおも精液を放ち続けるのだった。

# エピローグ　永遠の世界で腹ボテハーレムセックス

全員とのラブラブ中出しセックスを達成した夜。里樹は自室の机から『惑わしの書』を引っ張り出して、順番にページをめくっていた。

そこには、これまで体験した都市伝説が克明に記されている。いずれも淫らな記述に満ち溢れていて、読んでいるだけで勃起してしまいそうなほどだ。

「ん？　あれ……？」

四股《よつまた》ラブラブ中出しセックスのページを読み終えると、白紙のはずだった次のページに書いた覚えのない文章が並んでいた。

見出しは——『書に操られし者』となっている。

「……なんだこれ？　これも都市伝説の一種なのか？」

そこに書かれていたのは、以下の内容だった。

『知りえる限りの都市伝説を実現させ、この書の空白を埋めた者は、見返りとして、己の願いを実現できる。願いを書に綴れ。されば、書き記された内容は、必ず真となる。』

「え？　どういうことだ？　これって……。つまり、その気になれば、全員と永遠にハーレムセックスをし続けることもできたりするのか？」

人生に悩むことなく、ひたすら好きな女の子とセックスをすることができる。それは、どんな富や名声を得るよりも最高のことだと里樹には思えた。

「そうだな……！　こんな不幸体質じゃ、この先もろくな人生にならないだろうし……！こうなったら、永遠にみんなとハーレムセックスを楽しむことにするかっ！」

里樹は、『惑わしの書』に願いを綴っていく。

そして、全てを書き終えた瞬間――、里樹と四人の美少女退魔士たちの姿は忽然と世界から姿を消したのだった――。

＊　　＊　　＊

それから、数ヵ月――。里樹は『惑わしの書』の力によって創られた永遠の世界で、美少女退魔士と毎日セックスを楽しんでいた。

「さ・て・と……今日は、誰から始めようかな～？」

里樹の視線の先には、お腹を大きくした四人の美少女退魔士たちがいた。毎日中出しセ

ックスをしたことで、すっかり彼女たちは孕んでしまったのだ。

「里樹……キミのチンポを、早く私に入れてくれないか？　一秒でも肉棒が入っていないと落ち着かないんだ……はぁ……ぁあっ……キミのチンポが必要なんだ……」

「守沢くん、ううん、里樹……お願い、私のオマンコを、あなたのオチンポで鎮めてほしいの。そうすれば、きっと立派な赤ちゃんが……どうか、私とあなたのために……」

「はぅぅっ……あ、あの、先輩っ……早く、ななみと、えっちいことしてくださいですっ……オチンポくださいっ、お願いしますっ……」

「ほら、リキ。早くワタシとセックスを

するのよ。リキの生チンポは、ワタシのナンバーワンオマンコにこそふさわしいわ！」

四人の美少女退魔士たちは、妖魔を討つという使命を忘れ果てて、すっかり肉棒を求めるだけの雌となっていた。その表情はどこまでも淫らで、穏やかで、女としての幸せをえた表情だった。

そして、里樹にとっても全員が割れ目を拡げながら、肉棒をねだる姿は最高の光景だった。これこそが、里樹の望んでいた幸福だった。

「まぁまぁ、みんなかわいがってあげるからさ。喧嘩しないで仲よくね？」

里樹はニヤニヤしながら、彼女たちに見せつけるように肉棒を突き出した。

「リキ、誰に決めたの？　一番は誰？　もちろん、ワタシよね？」

「慌てない慌てない。すぐにわかるよ」

「はぅうっ……先輩、い、意地悪ですぅっ……うぅうっ」

「はぁ……里樹……キミは、誰に決めたんだい？」

「ああ、お願い……私にちょうだい……」

美少女退魔士はせつなげにオマンコをヒクつかせながら、熱っぽく肉竿を見つめ続ける。

そんな彼女たちの反応に満足しながら、里樹は肉棒をしごいていく。

「ふふ、それじゃあ今日は誰から入れるかな〜？」

里樹は楽しげな声音で言いながら、四人の元へ近づいていく。そして──。

「よし、今日はななみからだ！」

「あぁっ……先輩っ……！　ありがとうございますぅっ……ななみ、嬉しいですっ！」

ななみは歓喜に全身をブルつかせて、早くも愛液を垂れ流してしまう。毎日セックスしまくっていることで、すぐに濡れる体質になっているのだ。

「それじゃ、挿入っと！」

肉棒を挿入すると、ラブジュースが勢いよく溢れ出す。そして、何度入れてもキツさを失わないオマンコが肉竿を歓迎するように締めつけてきた。

「はぅぅうんっ……！　ななみのオマンコに、あぁ、先輩のオチンポがっ……あぁ、い、一番に……はふぅうんっ！」

ななみは表情をとろけさせながら、膣内を収縮させて快楽を貪り始める。その姿を見て、他の美少女退魔士たちは羨ましそうに下半身をもじつかせた。

「うぅ、羨ましいわ……リキ、ワタシを焦らすなんて、生意気よ……」

「立川さん、本当に気持ちよさそう……」

「ゴメンね。なんとなく、ななみって気分だったから」

「里樹が決めることだ。私たちが口を挟むことではない……はぁうっ……だ、だから、キミのやりたいようにすればいい……」

そう言う綾香も、かなりせつなそうだった。

「はうぅっ、んふぅうぅっ……！ ご、ごめんなさいっ……お、お姉様たちっ……な、ななみが、先にいただいちゃってっ……」

申し訳なさそうに言うものの、ななみの表情はすっかり悦楽にとろけきり、声は上ずっていた。

「まぁ、みんな順番に入れてあげるからさ！ 今は全力で楽しみなよ！」

里樹はななみの膣内に、激しく肉棒抽送を繰り返す。

「んはぁ、ふぁあ、あっ……！ オチンポ、お腹の中で泳いでるですっ……んはぁ、奥でもこすれてっ、んふぅっ！」

すっかり肉棒大好きっ子になってしまったななみは、愛液を洪水のように噴き出しながら感じまくる。

「んはぁっ！ はぁ、はぅうぅっ！ い、いいですぅっ……！ 先輩専用のオマンコに、オチンポいっぱいぶちこまれて……幸せですぅっ……あはぁあっ！」

そして、自発的に淫らな台詞を口にして、里樹のことを喜ばせていた。すっかり、彼女は里樹好みのエッチな女の子になっているのだ。

「はぅん、はぁあっ……！ せ、先輩、気持ちいいですかっ？ はぁ、はぁっ……ななみは、すごく、気持ちいいですぅっ……んぅっ、んふぅっ！」

「うん。俺も気持ちいいよ。すごい吸いついてきて……はぅっ、うぅっ……」

「はぁっ、んはぁっ……う、嬉しいですっ……！　あ、あはぁんっ！　喜んでもらえて、はぅ、んぅっ！」

膣襞を強烈に締めつけながら、ななみは自らも腰を使ってくる。その逆ピストンによって、肉棒に膨大な快楽が発生していく。

「ああっ、すごいよ、ななみっ……いいぞっ……！　くぅ、もう出そうっ……！」

「ふぅ、はぅうっ！　あぁっ！　せんぱいっ、先輩っ！　いっ、いっぱい精液くださいっ……ななみにご褒美、くださいぃっ！」

膣襞はリズミカルに肉竿を締め上げながら愛蜜をまぶしていって、濃い白濁精液を搾り取ろうとしてくる。

「あぁ、あっ……あぁあっ！　先輩、先輩っ……！　ななみっ……もうダメです、イッちゃいそうですっ……ああ、あぁあっ……！」

小刻みに膣襞が揺れる絶頂の前兆に、里樹は激しい抽送で応える。

「よし、出すぞっ！　うおおおおおおっ！」

「はぅううううん……は、はげしぃ、ですぅっ！　はひゃぁあっ！　いぁ、いっ、いくぅううううっ！　んふぅうううううっ！」

里樹は肉棒を膣奥深くねじこみながら、熱い精液を放出した。

「んぁ、んはぁあっ！　精液、すごいですっっ……！　あぁあっ！　熱くて、ねばねばした塊、いっぱいあたってますぅ……！　はふぅうう、あ、あああああああっ！」

ななみはブルブルと壊れたように全身を震わせる。そして――。

「はぅうううううんっ……！　あ、あぁぁっ！　お、おっぱい出ちゃいますっ……ふあっ、はふぅうううっ！　あはぁあああああっ!!　ふぁあああああっ！」

ななみは膨らんだお腹を揺らしながら、両乳首から母乳を噴き出し始めた。

「んくぅうぅ！　ふぁっ、あはぁあああああっ！　で、出ちゃってますぅぅっ……！　あ、あはぁああああんっ！」

ななみは母乳噴射に身悶えながら、なおもミルクを噴射し続ける。

「んあぁ、んはっ……んふぅうっ！　だ、だめですぅっ……あ……んはぁああっ！　いっ、イク！　な、ななみっ……おっぱい出してイッちゃいますっ！　はふぅうううううっ！」

ななみは口からだらしなく涎を垂らしながら、全身をガクガクと震わせてイキまくってしまった。

「はぁ、はぁ……もう、リキったら……あんまりナナミに無理させてはだめよ？　それに……まだまだワタシたちもいるのだから」

シャノンは荒い息を吐きながら、里樹を見つめた。オマンコからはすっかり愛液の涎が垂れていて、水溜りのようになっている。

「ああ。よーし、それじゃあ……次はシャノンに相手してもらおうかな？」

「ふふ、そうこなくちゃね！　レディをいつまでも待たせるなんて、紳士失格よ……？　んんっ、はぁ……」

「んー、でも、ちょっと疲れたし。少し休もうかな～？」

　里樹がわざと焦らしてみると、シャノンは慌てておねだりしてきた。

「えっ……!?　だ、だめよっ、リキ！　お、お願い……！　ワタシと、早くオマンコしてちょうだい……もう、我慢できないのよ……」

　恥も外聞もなく、シャノンは挿入を懇願する。かつての高飛車でプライドの高い金髪退魔士の姿は、そこにはなかった。

「うぅっ……意地悪しないで、リキ……！　は、早く、ワタシとエッチして……もう、待てないわ、お願いよ……あぁんっ」

　涙目になるシャノンを見て、さすがに里樹はかわいそうになってきた。

「悪い悪い、ほら、ちゃんと入れてあげるからさ！」

　里樹は肉棒を再び硬く勃起させると、シャノンのぬかるみきった膣内に肉棒を突き入れていった。

「はあぁっ！　あ、あぁっ！　あ、ありがとう、リキッ！　はぁ、んはぁあっ……やっとワタシの番に……ああっ、待ち遠しかった……！　んぅ、はうぅぅっ……！」

　シャノンの膣内はすっかり熱い粘液まみれになっていて、すぐに肉竿全体にまぶされていく。

「んー、でも……もうちょっとお礼が聞きたいかなぁ。こういうときはなんて言うんだっけ、シャノン」

「あ、ぁうっ……あぁっ、あっ、ありがとうございますっ……！　ワタシのわがまま聞いてくれて、オマンコしてくれて……！　う、んぅうっ！　感謝しますっ……はぅうっ！」

シャノンは素直に里樹の望む言葉を口にしていく。もはや、高飛車な金髪退魔士も肉棒に隷属する一匹の雌と成り果てているのだ。

「よく言えましたっ、と！　ほらほら、どんどん犯してやるから感じていいよ！」

「あんんッ！　んぁ、あぅうっ！　そんな、はっ、はげしっ……んはぁ、はぁ、ダメッ、リキ、だめぇっ……！」

シャノンは首を左右に激しく振って、快楽に翻弄される。どんなに強い退魔士も、たくましい肉棒に打ち勝つことは不可能なのだ。

「うはぁっ！　はぁっ、あ、はぅうっ！　チンポッ！　あぁ、よ、よすぎて……すぐに、イッちゃうかも……うぁっ、んはぁあああああっ！」

シャノンは大きなお腹と乳房をバウンドさせるように跳ねさせながら、激しく昇り詰めていく。

「ほら、Ｇスポット、シャノン好きだろっ！　ほらほらっ！」

「んあぁっ！　あっ、あぅううっ！　そ、そこっ！　す、すごっ……すごく、か、感じるのっ……あ、あぁんっ！」

すっかり女体に精通した里樹は、完全にセックスの主導権を握っていた。かつては逆レイプのように犯されたこともあったが、立場は完全に逆転しているのだ。

「はぅ、んぅうっ！　あ、ぁああっ！　い、意地悪っ……そんなに、は、はげしくしてっ……んはぁああっ！　悔しいけど……はぅうっ！　かっ、感じちゃうっ！」

「意地悪じゃないだろ？　おねだりに応えてるから、こうしてるわけだし！」

「あぁ、本当にリキ、アナタ、成長したわね……！　ワタシ相手に、ここまで激しいセックスをできるなんて……！」

「ああ、シャノンとのセックスで鍛えられたからな！」

里樹は強くなった自分を誇示するように、以前よりも太さも硬さも長さも増した肉棒を激しく膣奥へ突きこんでいく。

「ああっ、ステキよっ、リキっ……！　それでこそ、ワタシのラブラブセックスパートナーだわっ！　あんっ！　あぁあっ！　はぁあっ！　い、いくぅっ！　イッちゃう……！このままだと、もう、ワタシっ……！　はぅ、はぅううっ！　あぁ、あはぁあああんっ！」

シャノンは感極まって涙を流しながら、狂おしく膣襞を収縮させる。

「リキッ……リキッ……！　本当に、ワタシ……うぁ、んはぁあっ！　も、もう……あぁあああっ……！」

「大丈夫、俺もそろそろイクから！」

「うぅっ！　はううぅっ！　リキ、出してっ……！　ワタシのオマンコの中に出してっ！

精液、ちょうだいっ……お、お願いっ……！　も、もう……ダメ……なのぉっ……！」

「くっ！　出るぞっ！　うおおお！　うあぁぁあああああっ！」

シャノンの膣襞が一気に収縮するとともに、里樹は渾身の力で腰を突き出した。そして、膣奥深くで精液を炸裂させる。

「はぁぁあああっ！　あっ、あぁあああっ！　はぁああっあああんっ！　リキの熱いザーメン、いっぱい、ワタシのオマンコにッ……！　ふぁあああっ！　んぁあっ！」

シャノンは大きな乳房とお腹を揺らしながら、絶頂に身悶える。

「ああっ、出るわっ！　リキのザーメンを注がれて、母乳出ちゃうのぉっ……！」

シャノンは股間から潮を噴きながら、両乳首から母乳を派手にまき散らしていく。あまりにも大量すぎる母乳によって、一気に空間は乳臭くなってしまった。

「うぁ、んはぁあぁぁっ……♪　ひ、はひっ……んぅうぅっ……♪」

両乳首を震わせて射乳しながら、シャノンは満足げなため息を吐いていた。恍惚に染まった表情は、まさに幸せそのものだった。

「あぁ……フルフォードさん……はぁっ……」

「はぁっ……はぁっ……シャノン……んんっ……」

そんな姿を見せつけられて、千莉と綾香はせつなそうに呻いた。ふたりの膣から溢れた愛液はもはや湖のようになっていた。

「……さて、次はどっちにしようかな～？　ん～～っと……こっちかな！」

里樹はシャノンの膣内から粘液にまみれた肉棒を引き抜くと、千莉のオマンコに狙いを定めて突き入れた。

「あっ、あはぅっ……わ、私なのねっ……？　あはぁんんっ！」

「あれ？　ひょっとして、イヤだった？　最後のほうがよかったかな？」

「んぅっ……ち、違うわ……！　そうじゃなくて、焦らしすぎなのよ、里樹ったらっ……あっ、あぅうっ！」

千莉は拗ねたような口調で言いながらも、下の口は素直に肉棒を奥まで咥えこんでいた。

「ごめんごめん。それじゃ、ほら、待たせたぶん、ガンガン行くからさっ！」

「ぅくっ……んっ、くぅうっ！　あぁ、里樹……っ！　だめぇ……！　あぁ、い、いきそぅ……！　ま、まだ、もっと、オチンポ味わいたいのにぃ……！　んふぅうっ！」

焦らされたぶん、千莉はイキやすくなっているようだった。膣襞はすでに制御不能になったように収縮を繰り返して、肉竿から精液を搾り取ろうしている。

「なら、何度でもイケばいいじゃないか。ほら、どんどんイってよ！」

里樹が激しく腰を振るうと、千莉は連続でイキまくってしまう。

「はぁ、あはぁあっ！　イクぅ！　あぁあああんんっ！　イッてるのに、また、イクぅ！　あ、あぁあああん！　止まらない、イクの止まらないのぉ！　んぅうぅっ！」

激しくのたうち回る千莉に対しても、里樹は容赦なく肉棒を突きこんでいく。絶頂を繰り返す膣襞の締めつけは実に気持ちよくて、腰の動きを止めることなどできなかった。

「はぅうっ！　うぁ、あぁっ！　また、イクぅ……！　んくぅううっ！　は、はぅううぅっ！　あっあああああああっ！」

膣奥から潮が噴き出す圧力で、肉棒が押し戻されそうになる。それでも、里樹は力強い雄のピストンで雌を悦ばせていく。

「んぅうっ!!　はぁ、はうぅっ!!　ぁあっ、私だけじゃなくて、里樹もイってぇ！　一緒に、んあぁあっ！　精液、ほしいのっ！　きて、出して！　一緒にイッて……オチンポから、いっぱい精液注いでぇえ！　あぁあぁあああああああんっ！」

大きなお腹を突き出すようにしながら、千莉は肉穴をこれまでで最も収縮させる。

「くぅうっ！　ああ、俺も、イクよ！　千莉の中に、いっぱい出すからっ！」

里樹は膣奥に引きずりこまれるままに肉竿を突っこみながら、精液を放った。

「はぅううううっ！　んくっ……あ、あぁあああああああああああんっ！　イクゥウウウウウウウウウウウゥッ！」

精液を子宮に浴びせられて、千莉は激しく絶叫しながら絶頂した。それとともに、激しい勢いで母乳が飛び出していく。

「あっ、ぅああっ！　あぁん、んふぅうっ……！　だ、だめっ、出ちゃうっっ！　止まらないのっ！　ぁ、んはあぁっ……！　だ、だめぇっ……！　はうぅっ！　ふぅ、はふうっ……あ、あぁ……オッパイ出ちゃうっ……気持ち、いいっ……んんっ……はぅううっ♪」

快楽のあまり千莉はぐったりしながら、ドビュドビュと母乳を放っていった。

「は……はあぁあああぁっ……♪　んぁぁっ……あっ、あぁあぁあ……♪」

呆けた顔で、千莉は快楽の余韻に浸り続ける。知的な眼鏡美少女も、母乳を噴射する雌の快楽に抗うことなどできはしないのだった。

「はぁはぁ……残るは、綾香だな……。ゴメンね、綾香。待たせちゃったね」

『惑わしの書』の力で人間離れした回復力を持っている里樹は、すぐに綾香を犯すべく彼女を組み敷いていった。

「あぁ、里樹……ようやく、キミのデカチンポで私のエロマンコを塞いでもらえるのだな……本当に、嬉しいよ……」

綾香は初めて会ったときからは想像できない卑猥な名称を口にする。

「綾香が俺を都市伝説研究部に誘ってくれたおかげで、こうしてみんなとエロいことができるようになったんだから、本当に感謝してるよ！」

里樹は万感の思いをこめて、肉棒を綾香のビチョ濡れオマンコに突っこんだ。

「んんんぁあっ！　はふぅうっ！　ぅあ、あはぁあぁぁあっ！　ち、チンポ熱くてっ……うはぁああっ！　ひ、あぁっ！」

さんざん焦らされたことで綾香はいきなりイってしまう。

「ほら、まだまだこれからだよ、綾香！」

それでも里樹は深いストロークで、肉棒を容赦なく抽送していく。

「うぁ、んはぁあっ！　チンポッ、チンポが奥まで届いて……！　ふぁ、はふううぅっ！　里樹のチンポが……あ、あぁああぁあっ！」

最強の美少女退魔士も、肉棒の前には一匹の雌になって激しく喘ぎまくってしまう。一度セックスの快楽を知ってしまったら、元に戻ることは不可能なのだ。

「あぁあっ！　うはぁっ！　い、いいっ……！　気持ちいいっ……！　ふあああぁっ！　里樹、やっぱりキミは本当に、すごいよっ……！　んぁ、あぁあっ！」

自らの肉棒で綾香を乱れさせていることにこの上ない充実感を覚えながら、里樹は腰の動きをさらに加速させていく。

「んはぁあっ！　ずっと、オマンコをグチョ濡れにして待っていたんだ……！　里樹とこうして、性交して……思いきり、絶頂を味わうのを……！　はう、んふぅうっ！　んはぁ、はぁあああっ！　里樹、里樹っ……！　あ、あふぅうっ‼　全部、全部残らず出してくれっ……！　私の中に、里樹の精液を……全部っ！」

綾香は激しく懇願しながら、膣襞を力強く締めつける。その思いに応えるべく、里樹は全力で腰を振って、精液を作り出していく。

「綾香っ……いっぱい出してやるからなっ！　俺の濃い精液、いっぱい中に注いでやるから！」

里樹は肉竿が焼きつくかと思うぐらいに、激しく摩擦する。鋭敏になった感覚は、膣襞の一本一本が絡みついてくることまでわかった。

「ああ、私も感じるっ、里樹の亀頭が子宮に食いこんで、カリが襞をこすりまくってるのがわかるっ……！　本当に、キミのチンポは最高だ！」

「綾香のオマンコも、本当に最高だよっ！　こうして毎日綾香とセックスできて、俺は本当に幸せ者だよっ！」

不幸なだけだった過去の自分とは完全に決別して——里樹はひたすら絶頂の高みへと昇り詰めていく。

「くぅううぅあああ！　出すよ、綾香っ！」

「きてくれ、里樹っ、ああ、精液、たくさん注いでくれえっ！　うぁあああっ！　んはぁあああああああっ!!　ぅあっ……！　あぁあああああああああああっ！」

綾香の熱望する精液を、里樹は膣奥深くに思いっきり放っていった。その射精運動を手

伝うように、綾香の膣襞は収縮を繰り返し続ける。

「くっ、搾られる……うぁ、あっ！」

「うぁあああっ……あ、私も、出そうだっ……！　里樹のザーメンをオマンコから飲んで、おっぱいから母乳がっ……んんんっ！　んんんぁあっ！　ふっあぁあああああっ！」

綾香は大きく身体を仰け反らせると、ぷっくりと膨らんだ両乳首から濃厚な母乳を噴き出した。

「はうっ！　うっ……んふぅううっ！　ぁあっ、あっ！　里樹、里樹っ……！　はふぅうっ！　ふぁ、んあぁっ……まだ、い、いくっ……んっくぅうううううううううっ！」

綾香は股間から潮を噴き出しながら、

さらに両乳首から母乳を次々と放っていく。体液まみれになったボテ腹は妖しく光って、この世のものとも思えないほどに淫らで美しい。

「里樹……はぁ、はぁっ……もっと……もっと犯してくれ……チンポを奥まで、もっと激しく入れて……また精液を……」

それでも、綾香はまだまだ満足していなかった。端正な顔立ちをとろけさせながら、愛欲を求め続ける。

――そして、それは彼女だけではない。

「んんっ、リキ……ワタシにも、もっとオチンポをちょうだい……もっとして……おねがいよ……あぁ……生でオチンポほしいのぉっ……！」

「はうぅぅ……せ、せんぱぁい……ななみにも、もっと、もっとえっちいことしてください……熱いチンポ汁、ほしいんですぅ……」

「はぁ、んぅぅぅ……♪　わ、私にも……もっと、オマンコに精液注いでっ……私に母乳を出させてぇっ……！」

美少女退魔士はひとり残らず、里樹の肉棒の虜となっていた。

「ははっ……。さ～て……今度は、どの順番でハメてあげようかな？　お腹の大きい順からいくかい？」

「ああ、リキ……なんでもいいから、早くチンポを突っこんで……！　あぁ、あんっ……

好きにして……いいから……！　だから……ぁ、あぁっ……早く入れてぇっ……」

「はぅぅぅ……もう、オマンコせつないですぅっ……先輩のオチンポ入れてもらえるなら、ななみ、なんでもしますからぁっ……」

「はぁぁっ……オマンコも乳首もせつないの……早く、いっぱいオッパイ出させてぇ」

「里樹……キミは本当にたいしたやつだよ……。私たちをこんなにもチンポに夢中にさせてしまうのだからな……んんっ、はぁ、ふぅぅ……♪」

完全服従する美少女退魔士たちの姿を眺めながら、里樹は再び肉棒を硬くしていった。

もうなにも恐れるものはない。里樹は永遠となった世界で、いつまでも自分を愛してくれる退魔士美少女たちと肉欲に溺れ続けるのだ――。

## あとがき　春風栞

こんにちは、春風栞です。このたびは、『自由自在にエロ催眠～ダメダメの俺でも美少女対魔士と犯りまくり！～』を手に取っていただき、誠にありがとうございます。

今作は、不幸体質の持ち主が妖魔退治の囮役を務めながらも、退魔士の美少女たちと一緒にエッチな都市伝説を楽しんでいくお話です。

主な登場人物は四名。頼りがいがあって親しみやすい学園一の美少女御島綾香、クラスメイトの口うるさいメガネ委員長風宮千莉、後輩の小動物的なかわいらしさのある立川なみ、そして、金髪ダイナマイトボディの留学生シャノン・フルフォード。いずれも魅力たっぷりで、きっと気に入っていただけるキャラがいると思います。

ストーリー的には、個別エンディングとハーレムエンドを組みあわせて再構成しました。都市伝説を利用した様々なシチュエーションでのエッチを楽しんでいただけたら幸いです。

それでは、最後になりましたが、ディーゼルマイン様、編集K様、読者の皆様、この本に関わって下さった全ての皆様に、心より御礼申し上げます。またお会いできる日を楽しみにしております。

ぷちぱら文庫
自由自在《じゆうじざい》にエロ催眠《さいみん》
～ダメダメの俺《おれ》でも美少女退魔士《びしょうじょたいまし》と犯《や》りまくり！～

2015年 2月27日　初版第1刷 発行

■著　　者　春風栞
■イラスト　長頼・鞭丸
■原　　作　ディーゼルマイン

発行人：久保田裕
発行元：株式会社パラダイム
〒166-0011
東京都杉並区梅里2-40-19
ワールドビル202
TEL 03-5306-6921

印 刷 所：中央精版印刷株式会社


PP201

既刊案内
明るく楽しい
催眠学園
～エロ校則をいっぱい作ったら超リア充になれた！～
学園の女子全員が…
俺の嫁！？
ぷちぱら文庫138
春風栞 著
長頼 画
ディーゼルマイン 原作
定価 690円+税